THE FIRE NEXT TIME

JAMES
BALDWIN
詹姆斯·鲍德温
作品系列

下一次
将是烈火

〔美〕詹姆斯·鲍德温 著

吴琦 译

JAMES
BALDWIN

人民文学出版社
PEOPLE'S LITERATURE PUBLISHING HOUSE

著作权合同登记：图字 01-2018-4294 号

图书在版编目(CIP)数据

下一次将是烈火／(美)詹姆斯·鲍德温著；吴琦译. —北京：人民文学出版社，2018(2020.10 重印)
(詹姆斯·鲍德温作品系列)
ISBN 978-7-02-014374-0

Ⅰ. ①下… Ⅱ. ①詹… ②吴… Ⅲ. ①散文集-美国-现代 Ⅳ. ①I712.65

中国版本图书馆 CIP 数据核字(2018)第 127343 号

责任编辑 朱卫净 潘爱娟
装帧设计 周安迪

出版发行 人民文学出版社
社　　址 北京市朝内大街 166 号
邮政编码 100705
网　　址 http://www.rw-cn.com
印　　制 上海利丰雅高印刷有限公司
经　　销 全国新华书店等
字　　数 60 千字
开　　本 787 毫米×1092 毫米 1/32
印　　张 5.125
版　　次 2019 年 7 月北京第 1 版
印　　次 2020 年 10 月第 2 次印刷
书　　号 978-7-02-014374-0
定　　价 58.00 元

詹姆斯·鲍德温出生并成长于纽约。他的第一部小说《向苍天呼吁》出版于1953年，出色地唤醒了他年少时在哈莱姆黑人区担任牧师的经历，迅速获得成功。之后他发表了作品《乔万尼的房间》，敏感而精彩地探索了同性之爱这一主题。1963年，小说《另一个国家》可以算他的文学爆发之作，紧接着在1964年，他又相继出版了两部非虚构作品——《没有人知道我的名字》和《土生子札记》，收录了他的小说和随笔，为他在美国收获了声誉。其中《没有人知道我的名字》被美国图书馆协会选为当年的最佳图书之一。《去见那个男人》是鲍德温的第一部小说集。他还出版有随笔集**《与个人无关》《无名的街道》《魔鬼找到工作》《未见之事的确据》**，两部剧本**《阿门角》**和**《查理先生的布鲁斯》**，以及晚期小说**《如果比尔大街会说话》《小人啊小人》《就在我的头顶之上》**。他的许多著作都由企鹅出版社出版。他获得的文学奖项包括：尤金F. 撒克逊奖、罗森沃尔德奖学金、古根海姆奖学金、《党派评论》奖学金和福特基金会资助，1986年他被授予法国荣誉军团勋章。1987年去世。

《时代》周刊在鲍德温的讣告中写道，“他最好的书，也是同时代美国文学中最好的作品”。《新闻周刊》形容他是“一位愤怒的作家，但他喷薄的才思，优雅的文辞，让他迅速成为白人自由主义者们所害怕的那一类黑人作家”。

《我的地牢在震动》最初刊登于《进步》杂志，在威斯康星州曼迪逊市出版。

《十字架之下》最初刊登在《纽约客》，原标题为**《来自我头脑中某个区域的信》**。

献给

詹姆斯

詹姆斯

卢克·詹姆斯

上帝给诺亚以彩虹作为标记，

不会再有洪水了，

下一次将是烈火！

目录

我的地牢在震动

在解放黑人奴隶一百周年纪念日，给我侄子的信

亲爱的詹姆斯，

这封信我已经写了五次，又扔掉五次。眼前一直浮现你的脸，同时也是你的父亲——我的弟弟的脸。你像他一样坚强、沉重、脆弱、忧郁——气势咄咄逼人，因为你不希望任何人认为你软弱。在这一点上，你也许和你的祖父很相像，我也不确定，但你和你的父亲外貌上确实很像他。他已经死了，他从未见过你，他的一生都很糟糕。事实上在他离世之前很久，他就已经被击垮了，因为他内心深处相信那些白人对他的看法是对的。这也是他变得如此虔诚的原因之一。我想你的父亲一定也和你说过这些。你和你的父亲都没对宗教展示出什么兴趣，你们已经属于另一个时代了，那时黑人们已经离开乡村，来到了后来E. 富兰克林·弗雷泽[①]所说的那种“毁灭之城”。只有当你真的相信你自身就是白人世界所叫唤的那个“黑鬼”时，你才可能被彻底摧毁。我告诉你这些，是因为我爱你，请永远不要忘记这一点。

从你们出生第一天起我就认识你们，我是看着你们俩长大的。我曾把你父亲抱在手里，扛在肩上，亲过他，打过他，见证了他蹒跚学步的过程。我不知道你现在有没有认识一个人超过这么长时间，如果你爱过一个人那么久，从婴儿到童年，再到他长成一个男人，你会对时间、人类的痛苦与付出具备一种奇异的视角。其他人无法看到我随时都能在你父亲脸上看到的东西，在

① E. 富兰克林·弗雷泽（E. Franklin Frazier，1894—1962），美国社会学家，研究奴隶制以来的美国黑人文化和种族关系，著有《美国的黑人家庭》《黑人资产阶级》等，是美国社会学协会第一位黑人主席。1950年，他还参与起草了联合国教科文组织第一份关于种族问题的宣言。（本书注释除特殊说明，均为译注。）

他今天的样貌背后，是他无数过去的面容的重叠。他一笑，我就看见一间他不再记得的地下室，一座他不再记得的房子，我能从他现在的笑声里听见他儿时的笑声。他一骂人，我就想起他在地下室的楼梯上摔倒，痛苦地号哭，而我或者你祖父一哄他就好了。但没有人能够抚平他今天深埋心底、秘不示人的那些苦痛，你能在他的笑声、谈话和歌声里听见它们。我知道这个世界对我的弟弟做了什么，我也知道他是如何从这一切之中幸存下来。但更糟糕的是，这是我的祖国和同胞所犯下的罪，正因如此，不管是我还是时间和历史，都不会忘记他们。他们过去，此刻仍在摧毁成千上万人的生命，但他们对此一无所知，或者根本不想了解。一个人能够，事实是一个人应该努力变得坚强一点，对毁灭与死亡产生一种哲学上的兴趣，因为这是自人类存在以来大多数人最擅长的事情（但要记住，大多数人并不代表人类整体），但我们不能接受把那些毁灭者认定为无辜，因为正是这种无辜，构成了犯罪。

现在，亲爱的与我同名的你，正是这些无辜的好心人，你的同胞们，让你一出生就置身于和查尔斯·狄更斯笔下一百多年前的伦敦差不多的处境里。（我仿佛听到那些无辜的人此时正在齐声叫喊："不！这不是真的！你太恶毒了！"但我写这封信给你，正是想告诉你怎样和他们打交道，他们中大部分人甚至不知道你的存在。我很清楚你出生时的情况，因为我当时就在那里，而你们的同胞们不在，他们还没赶到。你的祖母当时也在，我想那些无辜的人应该去找她对质，她并不难找，也没有人会说她恶毒，但你的同胞们并不知道她的存在，尽管她毕生都在为他们工作。）

唔，大概十五年前，当你出生，降临到我们中间，你的父亲、母亲和祖母望着他们抱着你走过的路，盯着他们带你住过的家徒四壁的房子，他们本该感到沉重，但他们没有，因为有了你。"大詹姆斯"（你是随我命名的，那时你已经是个大孩子，而我不再年轻），你在那里被爱着。宝贝，你被他们爱着，即刻、永远、用力地爱着，为了在这个无情的世界里守护你。记住：我知道对今天的你来说，这些听起来很沉重，在当时看来，情况也一样糟糕，我们当时都在发抖。至今我们也没有停止颤抖，如果我们不是如此爱着彼此，无人可以幸存。正因为我们爱你，所以你必须活下去，同时也是为了你的孩子，以及你孩子的孩子们。

这个看似无辜的国家让你在贫民窟里出生，事实上，它本来的意图就是让你死在那里。让我说得更明白一些吧，因为这是问题的核心，也是我和我的国家之间的根本分歧。你在你所出生的地方出生，面对着你眼前的未来，仅仅只是因为你是黑人，而没有其他原因。从此你的雄心就被永远地设限了。你出生的这个社会，用各种可能的方式残酷、清楚地标示了，你是一个无用的人类。没有人期待你去追求卓越，而是希望你接受自己的平庸。不管你在哪里转弯，詹姆斯，在你短暂的人生在世的时间里，你已经被告知了可以去哪儿、能做什么（以及怎样做到它），还有可以在哪儿落脚、可以娶谁。我知道你的同胞们不会同意我的意见，我仿佛已经听到他们在说，“你太夸张了。”可他们并不了解哈莱姆①，而我了解，你也一样。不要相信别人的话，包括我的，但要相信你自己的经历。要知道不管你来自哪里，未来的道路都没有局限。你生命中的那些细节和符号，都是被故意建构出来的，好让你相信白人们对你的看法是对的。试着记住这一点，他们相信的，以及他们做过的并且让你为之受苦的事，都并不能证明你低人一等，恰恰证明了他们的残暴和恐惧。亲爱的詹姆斯，请保持清醒，穿过在你年轻的头脑里肆虐的风暴，看到隐藏在

① 哈莱姆（Harlem），美国纽约市曼哈顿北端的一大片社区，17世纪时曾被荷兰人占据，因此以荷兰一个村落的名字命名。1920年代开始，这里成为非裔美国人的聚居地，也是美国黑人的文化、商业和宗教中心，饱受贫困与犯罪之苦。詹姆斯·鲍德温从小就在这里长大，他日后的虚构与非虚构创作也都以此为原点。

"接受"与"融合"这些字眼背后的现实。没有理由让你去试着变得和白人一样，他们认为自己必须接受你的无礼假设也没有任何依据。老兄，真正可怕的，是你必须接受他们。我这话非常严肃，你必须接受它们，带着爱接受他们，因为这些无辜的人没有其他指望了。事实上，他们仍然困在他们并不理解的一段历史当中，除非他们真正理解它，否则无法从中解脱出来。多年以来，他们有无数的理由去相信黑人低白人一等。其实有一部分人是更明事理的，但你会发现，人们总是很难依据自己的认知去行动。因为行动就要承担相应的义务，而承担义务就意味着危险。在这种情况下，大多数美国白人脑中认为的危险是，他们会失掉了自己的身份。试想一下当你在某天早上醒来，发现太阳高悬，而所有的星辰同时在闪耀，你是什么感觉。你会因为自然的混乱失序而感到惊恐，世间剧变皆是如此，它会如此彻底地撼动人对自身现实的认知。在白人的世界里，黑人就扮演着一颗不动的星星的角色，就像一根无法被移开的柱子，如果它被移开，天地的根基都会动摇。你别害怕，我说过你原本注定要死在贫民窟里，永远不被允许超出白人对你的定义，永远不能体面地拼出自己的名字，而你和我们当中的许多人，都已经打败了这个预谋。因为一种可怕的律法，一个可怕的悖论，这些相信对你的监禁将使他们安全的“无辜者”，正在失去他们对现实的把握。但这些人是你的弟兄——你迷失的、年轻的弟兄。如果融合这个词真有什么意义的话，那就是：我们必须带着爱，去迫使我们的兄弟看清自己的面目，停止逃避现实，并开始改变它。因为这是你的家，我的朋友，不要离开这个前提，伟大的人们曾经在这里缔造伟业，而伟大的荣光也将会再度降临，我们会让美国成为它该有的样子。詹姆斯，这会很艰难，但你来自那些坚强的农民，那些摘棉花、修水坝、建铁路的人中间，要在最可怕的不平等中，获得一种绝对而不朽的尊严。你出生于一个诞生了诸多诗人的家族，他们中的一些人是自荷马以来最伟大的诗人之一，他们其中一人说过，每当我感到迷失，我的地牢就会震动，我的锁链就会掉落。

你我都知道，这个国家正在庆祝一百年来取得的自由——这一百年太快了。只有他们自由了，我们才能自由。愿上帝保佑你，詹姆斯，祝你成功。

你的叔叔

詹姆斯

十字架之下

来自我脑海中某个区域的信

担当起白人的负担[1]——

汝等不能向低等族群屈尊——

别怕大声呼唤自由，

藏起你们的疲惫厌倦；

因为你们的每一次呼喊和细语，

因为你们所做的和留下的一切，

① 此段引自吉卜林（见下条注）的诗作《白人的负担》（*White Man's Burden*）——这也是吉卜林最受争议的作品之一。诗作最初在1899年刊登于流行杂志《麦克卢尔》（*McClure's*）上，标题为“美国与菲律宾群岛”（*The United States and the Philippine Islands*）。诗作从表面意思解读是在呼吁白人为所有人的利益，征服和殖民野蛮国家，通篇都在歌颂殖民者的辛劳、隐忍和高尚。《诺顿英国文学选集》认为，诗作的内容符合吉卜林的帝国主义思想，他认为开化野蛮人是“统治神在地上的国的神圣负担”。

那些沉默而愠怒的人
会据此来衡量你的信仰和你。

——拉迪亚德·吉卜林[①]

在十架上我救主舍命，
靠主十架我罪得洗净，
除我重担安慰我伤心，
荣耀归主名！

——赞美诗[②]

① 拉迪亚德·吉卜林（Rudyard Kipling，1865—1936），19世纪末20世纪初最受欢迎的英国作家、诗人、记者，出生于印度孟买，1907年获诺贝尔文学奖，成为第一位获此奖的英语作家，也是截止到当时最年轻的一位获奖者。

② 该赞美诗为《十字架之下》（*Down at the Cross*），作者是教士Elisha A. Hoffman（1839—1929），据记载作于1876年。

十四岁的那个夏天，我经历了一场迟来的信仰危机。我是在普遍甚至武断的意义上使用“信仰”这个词的，用它来指代直到那时我才发现的上帝，他的圣徒、天使和燃烧的地狱。因为我出生在一个基督教国家，我早就接受了这个唯一的神。我本来以为他只存在于教堂的围墙内——事实上，我以为他只存在于我们的教堂里，同时我也以为上帝就意味着安全。“安全感”这个词其实是当我们使用“信仰”这个词时表达的真正含义。所以，一种更加准确的说法是，在我十四岁那年，我人生中第一次感到害怕，既害怕我内心的魔鬼，也害怕外部的魔鬼。那个夏天，我在哈莱姆看到的景象其实没什么新鲜的，它从来都是如此，但突然之间，大街上的妓女、老鸨和骗子们，都变成了某种对个人的威胁。以前我从不觉得自己是他们当中的一员，现在才意识到，我们其实是被同样的环境所塑造。我的很多同伴都毫无悬念地走向了街头，父亲说我也将如此。朋友们开始喝酒、抽烟，开始他们的性生意——最初是沉迷其中的，后来才开始哀怨。那些只比我大一点的女孩，她们曾经在唱诗班里唱歌、在主日学校教课，来自虔诚的家庭，她们就在我眼前不可思议地变身，但最令人迷乱的变化，不是她们日渐丰满的胸和臀，而是她们的眼睛、温热的身体和气味，还有她们的音调里，传达出来的一种更幽微深刻的东西。就像那条街上的陌生人一样，我看到她们闪烁的眼睛，发现她们已经成了完全不同的人，带着一种难以置信的笃定。由于从小受到的教育，一种突然而至的不适感，让我不知道自己的声音、思想和身体接下来会发生什么，让我觉得自己是世界上最堕落的人。这些圣洁的女孩子看起来很享受那种令我恐惧的失足，以及我们共同的苦痛试炼，这并没有让事情变得好一点，因为那种生活很快就会像俄罗斯草原那般寒冷无趣，比所有的地狱之火都更加灼人。

然而还有一些比它们更深刻更难定义的事情，让我感到恐惧。这些变化真实地发生在男孩和女孩们身上，但不知怎么地，在男孩身上更加明显。我们看到那些女孩在成为女人之前就先成了主妇，开始展现出一种古怪甚至可怕的忠贞。很难说这些具体是怎样表现出来的：双唇之间的不留情面，眼睛里的深谋远虑（谋什么呢？），走路时那种崭新的、压倒一切的决心，以及声音里透出的决断。她们不再戏弄我们，还是男孩的我们，她们会严厉地训斥道："你们最好注意自己的灵魂！"女孩们也同样看到了大街上的前车之鉴，她们知道如果自己走错一步将会付出什么代价，知道自己必须受保护，而男孩是这里唯一的保护伞。她们知道自己必须成为上帝的诱饵，替他拯救男孩的灵魂，将他们的身体和自己通过婚姻绑定在一起。因为这是我们情欲初开的年纪，就像圣保罗说的，"与其欲火攻心，倒不如嫁娶为妙"①——而他曾在某处，带着惊人的准确，少有地将自己形容成一个"可怜人"。我开始感受到男孩子们身上那种奇特、谨慎、困惑的绝望，仿佛他们现在就已经

① 《圣经·新约·哥林多前书》7：9。

在人生的漫长寒冬中安顿下来。而那时我还不知道自己应对的是什么。同样地，女孩们将会变得和她们的妈妈一样臃肿，男孩们，很明显地，也不会比自己的父亲更成功。学校也因此开始显露自己的真面目，就像童年时那些没有赢家的游戏。男孩们早早退学，出去工作。父亲也希望我退学，但我拒绝了，即便我不再对教育能对我的命运有什么改变抱有幻想，我已经遇到太多拥有大学文凭的勤杂工了。朋友们已经忙着在“城里”——用他们的话来说——和“那个人”做斗争[①]。他们不再在意自己的外貌、衣着和举止，而是三两成群，在走廊里分享一瓶红酒或者威士忌，交谈，咒骂，推搡，有时甚至哭泣：彻底迷失了，也说不清楚是什么在压迫自己，他们只知道是“那个人”——那些白人。看来已经没有任何办法把阻隔在他们和太阳和爱和生活和权力和他们渴望之物之间的那团乌云移走了。人们很容易就意识

① “和那个人做斗争”（fight the man），鲍德温在这里用的是俚语，指和（即使再微小的）强权作斗争。

到，很难去改变自己的处境，也很容易就会被每天从早到晚遇到的那些无休止、无端的羞辱和威胁逼到绝境。这种羞辱不只是在工作日才发生，也不只是针对工人：当十三岁的我某天要去42街的图书馆，路过第五大道的时候，一个站在马路中央的警察在我经过他身边时嘟囔着："你们这些黑鬼为什么不老实待在自己的地方？"那时我十岁，看起来甚至不到十岁，两个警察通过强行搜我的身来取乐，用（可怕的）污言秽语侮辱我的祖先和性能力，最后把我放倒在哈莱姆的一片空地上。第二次世界大战前夕和中间，我的很多朋友都跑去服役，命运几乎都被改变了，几乎没有人变得更好，很多人就此被毁掉，还有一些死在那里。另外一些逃到其他州或其他城市，其实也就是逃到另一个贫民窟。有的投入红酒、威士忌和毒品的怀抱，至今离不开它们。还有一些，比如我，逃进了教堂。

罪恶的代价四处可见，在每一个布满酒渍和尿迹的走廊里，在每一声呼啸的救护车警报中，在老鸨和她们手下的妓女脸上每一处伤疤上，在每一个无助的新生儿被带入这个危险世界的时刻，在大街上的每一场刀枪混战中，在每一颗毁灭性的子弹里：有一个表亲，是六个孩子的妈妈，突然发了疯，孩子们流落各处；一位坚忍的大婶多年辛劳所换来的，是在一间逼仄的房间里痛苦地死去；某户人家里某个聪明一点的儿子自己结果了性命；另一个儿子成了强盗，进了监狱。那个夏天充满了可怕的怀疑与发现，这些还不算最糟糕的。比如，犯罪变得真实——第一次，它不再只是一种可能，而几乎成为真真切切的可能性。一个人绝不可能通过工作和储蓄来战胜自己所处的环境；一个人也绝不可能通过工作获得足够的财富；此外，在社会待遇上，即便是最成功的黑人，如果要获得自由，仅有一个银行账户也是不足够的。他还需要一个机会，一种手段，一种能让别人害怕的方法。很明显，只要没人追究责任，警察一定会抽打你，把你带到局子里去，而其余所有人——比如家庭主妇、出租车司机、电梯服务生、洗碗工、酒保、律师、法官、医生和杂货店老板们——在他们表现各种“慷慨”的情感时，也绝不会停止拿你当他们的出气筒。不管出于是文明的原因还是出于基督教之爱，都不会促使这些人“己所不欲勿施于人”，只有出于对报复的恐惧，他们才会罢手，或者看起来罢手，而这已经善莫大焉了。这通常会引起许多误解，但我认识的大多数黑人的确不奢望被白人“接受”，更别提被他们爱了，他们只希望我们在这个星球上的短暂飘渺之旅，不要遭受白人的袭击。这个国家的白人们在学习如何接受、爱他们自己和他人这方面，还有很长的路要走，当他们实现这一点时——显然不会很快实现，也很有可能永远不会实现，黑人问题也就不复存在，也没有必要存在了。

那些比过去和现在住在哈莱姆的我们处境更优越的人，当然会认为以上这种心态以及对人性的描述是极端阴暗和令人震惊的。但黑人在白人世界里的经历，不可能让他对白人世界所声称的那些标准产生尊重，他自己的境遇恰恰证明了，白人并不是按照这些标准来生活的。世世代代的黑佣们都在白人家里小偷小摸，白人也很乐意看他们那么做，因为这减轻了一点他们的罪恶，而且证明了黑人本质上低于白人一等。即便是最愚蠢和卑躬屈膝的黑人，也不会感觉不到在他自身的境况和他为之工作的那些人之间的不平等，当他们从白人那里抢东西的时候，也不会感到自己做了错事。尽管美国—清教徒们总在幸福与道德之间画等号，但黑人有绝对的理由去怀疑，他们创造和积累的金钱并非因为他们多么杰出地遵守基督教的美德；这个法则显然对黑人基督徒无效。无论怎么说，那些剥夺黑人的自由，并且无时无刻不从这种剥夺中获利的白人，是没有任何道德立场的。他们拥有法官、陪审团、猎枪和法律——简而言之，他们拥有权力。但这权力有罪，它使人害怕，但不令人尊敬，且终将被战胜。那些被白人世界宣扬但并不实践的道德，只不过又成了另一件制服黑人的工具罢了。

结果，就在那个夏天，我以为原本横亘在我和走上犯罪之路的危机之间的道德障碍变得松动，甚至几乎不存在了。我当然没有任何原则性的理由不去成为一个罪犯，而这并不能怪我那可怜的虔诚的父母，而是这个社会的错。我暗自下定决心——比我当时意识到的更为坚决——绝不接受在贫民窟的命运，与其让白人朝我吐口水，让我接受自己在这个国家的“位置”，我宁可去死，宁可下地狱。我不会允许这个国家的白人来告诉我自己是谁，并且用他们的那种方式来约束我、收拾我。当然，与此同时，我已经被吐了口水，被他们定义、描述和限制，被他们不费吹灰之力地打败了。每个到了这个份儿上的黑人男孩——至少以我那时的情况来说，都会马上并且深刻意识到，自己的处境危险，如果想要活下去，必须尽快找到某种“东西”，某个秘密把戏，让自己振作起来，回到正道。是什么秘密把戏其实无关紧要。最后这一点让我深感恐惧——因为它展示出太多门外的危险——将我抛向教堂。而出于一种无法预见的悖论，在教堂的工作，正是我的把戏。

当我试着评估自己的能力时，发现自己几乎什么都不会。为了获得我想要的人生，我想我必须做好准备应对最坏的情况。我不可能成为一个职业拳击手，很多黑人都试图干这个，但极少有人成功。我不会唱歌，也不会跳舞。我已经被我生长的环境深深影响了，所以当时我根本不敢想去成为一个作家。仅剩的另一个可能，就是成为大街上那种卑鄙的坏人，他们实际上并没有我当时想的那么坏，但也足够让我害怕了，一方面因为我不想过那样的生活，另一方面也因为他们让我产生了那种印象。一切都在激怒我，这已经够糟糕了，而我自己也成为欲望和引诱的源头。唉，是我得到的教养太好了，以至于在那个夏天，男孩女孩——更惊人的是成年男女们对我极度露骨的示好，都被我认为和我的魅力没什么关系。相反，既然哈莱姆里的诱惑，说得委婉一点，都那么直截了当，那么不管人们怎么看我，都只会让我感觉自己堕落愈深。

一个人自我意识的觉醒，竟然指向那样一种无情的自我评价，这是极其悲哀的——更不必提一个人为了实现其他目标所付出的时间和痛苦——但黑人，就像我与之一起成长的那些人，要经历一场真正的禁欲苦行是在所难免的。这个国家的黑人——严格说起来，或者从法律上讲，其他地方不存在这种“黑人”——从他们睁开眼睛看到这个世界那一刻起，就在事实上被教导去鄙视他们自己。世界是白色的，而他们是黑的。白人掌握着权力，也就意味着他们高黑人一等（本质上，也就是说：上帝是这么判定的），然后这个世界会以无数种方式让这种差别被知悉、被感觉、被恐惧。早在一个黑人孩子感知到这种差别，甚至在他懂得它更早之前，他就开始回应它，他就开始被它控制。那个孩子的长辈为让他做好准备、迎接他们无力保护他的命运所做的每一次努力，会让他浑然不自知地，在恐惧中开始等待自己即将遭遇的神秘而无情的惩罚。他必须做个好孩子，不仅为了取悦父母，避免被他们惩罚；他们的权威背后还站着另一个权威，它是无名的，冷漠的，极难取悦，又无比残忍。在父母告诫、惩罚和关爱他时，这种权威已经通过他父母的声音渗入了孩子的意识；而当他越过某些特定的界限的时候，他会突然察觉到父母声音里那种无法抑制的恐惧。他并不知道界限在哪儿，也无从得到解释，这本身已经足够令人害怕，但他从大人声音里听到的恐惧，还要比这种恐惧更甚一些。比如，我从我父亲的声音里听到的恐惧，当他意识到我真的相信自己能做到一个白人男孩做到的任何事，而且我会不顾一切去证明这一点时——这种恐惧，完全不像我听到有人说起某人生病、从楼梯摔下去或者和家人断绝联系时他们声音里的那种恐惧。那是另一种恐惧，一种对这个孩子在挑战白人世界的设定、让自己走上毁灭之路的恐惧。谢天谢地，一个孩子怎么会知道权力的本质是多么广泛、多么无情，怎么知道人们对待彼此会多么残酷。父母声音中的那种恐惧之所以会影响他，是因为父母撑起了他的世界，除此之外他再没有别的保护了。而我用自己的方式捍卫自己，通过牢记父亲已经是一个非常过时的人，来反抗他让我感到的那种恐惧。同样，我为自己感到骄傲，因为我已经知道如何战胜他。让一个人去抵御恐惧其实很容易，只要让他确信有一天他将会被这种恐惧压倒，他就必须直面这种恐惧。至于人的智慧嘛，一个人不可能仅仅靠它为生，不能，如果他真希望活着的话。无论如何，那个夏天，伴随我成长的所有恐惧，已经成了我的一部分，控制着我看待世界的眼光，像一座高墙横亘在世界与我之间，把我拉进了教堂。

奇怪得很，当我回过头去看，我做的所有事情看起来都刻意得很，尽管当时看起来绝非故意。比如，我并没有加入我父亲供职的那个教堂。我在学校里最好的朋友去的是另一个教堂，他已经将自己的人生交付给上帝了，并且对我的灵魂救赎非常担心（我并不焦虑，但有人关心总是好的）。一个周六的下午，他带我去他的教堂。那天没有布道。教堂是空的，只有几个女人在打扫，还有几个在祷告。朋友带我到后室去见他的牧师，一个女牧师。她坐在那里，穿着长袍，微笑着，是一位非常自信而美丽的女性，有一张非洲人、欧洲人和美国印第安人的混血面孔。她那时候可能是四十五或五十岁，在我们的世界里她已颇有名望。朋友刚要介绍我，她就看着我，笑着说："你是谁家的小男孩？"不可思议的是，这句话正是大街上的那些老鸨和骗子们玩笑似的热情让我和他们一起去"玩玩"时惯用的说辞。他们让我害怕的一部分原因，可能就是我完全不想成为谁家的小男孩。那个夏天，我非常害怕，在那么多难题的笼罩下，最后肯定会有个人把我带走；在哈莱姆，站在大街上待价而沽的人都不用等待太久就会被某个人接走。这也许是我的幸运——我发现自己落入了教堂而不是其他的勾当，并且在我对肉体有任何知识之前，我就屈从于一种精神的引诱。所以当那个牧师带着她那不可思议的笑容，问我："你是谁家的小男孩？"我内心很快就回答了："还用问吗，是你的啊。"

那个夏天过去了，情况变得更坏。我更加内疚和恐惧了，而且把这些情绪都藏在心里，自然且必然地，有一天晚上，在那位女牧师结束布道之后，压在心底里的这一切呼啸而出，翻江倒海，我倒在了祭坛前。那是我那时人生中所经历的最奇怪的一种感受，在那之后也再没有过。我对此完全没有预感，也不知道这种情况会有可能发生。前一刻我还站在那里唱歌、拍手，脑子里构思着我当时正在写的一部戏的情节，下一刻我就躺下了，没有过渡，也没有摔倒的感觉，灯光打在我的脸上，那些站着的圣徒在我的头顶。我不知道我在地上干什么，也不知道自己是怎么到那儿的，我被一种无法形容的痛苦充满。它在我体内横行，就像那毁灭全地的洪水，销毁万物，拆散孩子和父母、爱人与爱人，把一切变成面目全非的废墟。我现在能记起的就是痛苦，那种说不出来的痛苦，就好像我冲着天堂喊叫，而天堂无动于衷。如果天堂听不到我的声音，如果爱不从天而降，来清洗我，赦免我，那么我将面临一场彻底的灾难。是的，黑人出生在一个白人国家、一个盎格鲁-日耳曼的禁欲国家，的确有种难以言说的意味。你将在自己尚未察觉的情况下很快放弃所有交流的希望。大部分黑人要么低头要么抬眼向上看，就是不看彼此，不看你，而大多数白人连看都不看你一眼。这宇宙只是一只铿铿锵锵的鼓，不管在当时还是此后来看，从来就没有办法安然度过一生，去爱你的妻子、孩子、父亲和朋友，或者被他们爱着。这里不仅有星辰、月亮、行星、花草和树木，还有其他人类，这些人还没有合适的词语来命名你的存在，他们拒绝给你生存的空间，如果爱不能让这扇大门敞开，就没有其他力量可以做到了。如果一个人对人类的爱感到绝望（还有谁没绝望吗？），那么就只剩上帝之爱。即便在当时，在那么遥远的过去，躺在那块可怖的地板上的我，已经极不情愿地感觉到——上帝也是白人。如果他的爱那么伟大，如果他爱他所有的孩子，为什么我们这些黑人被抛下这么远？为什么？不管我在那之后说过什么，躺在地上的我并没有找到答案——反正没找到这个问题的答案，我在地上躺了整整一晚。为了我帮我渡过难关，圣歌和人们沉浸、祈祷的声音，在我身上飘荡。第二天早上，当他们举起我时，他们告诉我，我“得救”了。

是的，在某种意义上我的确被拯救了，因为我已经筋疲力尽，而且第一次从内疚的折磨中解脱出来。我当时只感到了自己的解脱。多年以来，我一直不敢问自己，为什么多少一定要通过如此异教、如此绝望的方式（既陈旧又崭新）才能实现人类的解脱。而当我可以问自己这个问题的时候，我已经能够认清，从小到大我去的那个教堂，和其他那些白人教堂都被同样的仪式和习俗的原则所统治。那些原则就是盲目、孤单和恐惧，其中第一个原则被必要地积极地培养出来，好用来否认后二者。我情愿相信那些原则是信仰、希望和宽容，但对多数基督徒来说显然不是如此，对我们所说的整个基督教世界来说也不是。

我得救了。但与此同时，出于一种深刻的成年人的机智，我装作自己并不懂，我立刻就意识到，我不能仅仅作为一个信众待在教堂里。我必须给自己找点事做，好让自己不会觉得无聊，又回到大街上那些悲惨的罪人当中。我也承认我同样希望在我父亲的领域里超过他。不论如何，在我加入教堂后不久，我成了一名牧师，一名年轻的牧师，在讲坛上待了三年多。我的年轻让我迅速比我父亲更引人注目。我无情地扩大着这个优势，因为这是最有效的证明我已经能够挣脱他控制的方式。那是我人生中最恐慌、也最不诚实的一段时间，结果这种狂热一度给我的布道注入了极大的激情。我享受着大家的关注，享受着我的新身份给予我的相对的豁免权，更重要的是，我享受这突然之间可以掌握他人隐私的权利。必须考虑到，毕竟我那时还在上学，还有功课要做，同时每周至少要准备一次布道。在那段也许可以称之为我的“黄金时代”的日子里，我布道的次数远比这频繁。这意味着我有数小时，甚至连续几天不能被人打扰，即便是我的父亲也不能。我成功地阻拦了他。但要很久之后我才意识到，我也同时困住了我自己，无法从虚无中逃离。

教堂里的一切令人兴奋，我花了很长时间才从这种激动中脱离出来，而在最盲目、最内心的层面上，我从来没有真正离开它，也可能永远不会。这世上没有音乐能和圣乐相比，没有任何戏剧比得上圣徒欢庆、罪人哀叹的戏剧，铃鼓轰然鸣响，所有的声音汇聚在一起，神圣地呼喊上帝。对我来说，这世上也少有悲怆能和那些不同肤色、疲倦而又狂欢、变了形的脸上的悲怆相比，它来自那样一个可见、可感、持续地对上帝之善感到绝望的深渊。我再也没见过那种毫无防备充斥整个教堂的狂热与激情，按莱德贝利①或其他人的见证，那让整个教堂“摇滚”起来。从那之后，再也没有什么事给过我偶尔在布道的中间体会到的那种力量荣光，我知道，仿

---

① 莱德贝利（Lead Belly，1889—1949），原名胡迪·威廉·莱德贝特，绰号Lead Belly（“铅肚皮”）。美国民歌和蓝调歌手，黑人民谣音乐的开创者之一，他的音乐广泛取材于街头、田间、港口以及他一度服刑的监狱。

佛某种神迹使然，我好像真的如他们所言带来了“圣言”——教堂与我好像合二为一了。他们的痛苦和欢乐就是我的痛苦和欢乐，我的也是他们的；他们把痛苦欢愉都交给我，我也将自己的痛苦欢愉交给他们；他们喊着“阿门！”“哈利路亚！”“赞美他的名！”“布道吧，兄弟！”，这些叫喊也维持、鞭策着我的独唱，直到我们在神坛脚下变得平等，浑身湿透，唱歌跳舞，沉浸在痛苦和快乐之中。在很长一段时间里，这是我唯一的生计，是我的衣食父母，尽管这个卑劣的动机并不难想象。我从学校冲回家，然后就去教堂，在神坛下独自待着，和我的挚友耶稣谈心，他从不会辜负我，知道我内心所有的秘密。也许他都知道了，但我还没明白，我们在十字架下达成的协议，是他会让我永远蒙在鼓里。

他的交易失败了。他比我想象中好多了。事情总是这样发生的，不动声色，突然来临。算起来，我的信仰的逐渐破灭、堡垒的彻底崩塌，大概是从开始布道一年后，在我重新开始看书的时候发生的。我给这种欲望找的借口是，毕竟我还在上学，更要命的是，我从陀思妥耶夫斯基开始看起。那时我已经上高中，学校里主要是犹太人。这意味着我被一群理论上不可救的人包围了，他们嘲笑我带去学校的册子和传单，声称《福音书》是在耶稣死后很久才写成的。这本来还不是那么令人苦恼，如果它没有迫使我自己再去读那些册子和传单的话，因为它们的确不可信——除非人们事先就已经相信其中的内容。我记得自己当时还从中隐约察觉出一种威胁。我认为，人们爱上帝应该是因为他们爱他，而不应该是因为他们害怕下地狱。我极不情愿地意识到，《圣经》就是由人写成，被人从一种我看不懂的语言翻译过来的，而我，尽管还没完全承认，也已深深地卷入了这种翻译的努力之中。当然，我也准备好了反驳：这些人都是在神的感召下行事的，不是吗？他们所有人都是如此？唉，我现在知道了更多关于神圣感召的故事，有些我都不敢承认，因为我知道自己是怎样一步一步构建出自己的幻象，我也知道上帝赋予我的幻象经常——确实，一直如此——不同于他赋予我父亲的幻象。我那时并不明白我在夜里所做的那些梦是什么意思，但我知道，它们是不神圣的，事实上，我那醒着的时刻更称不上神圣。因为那些我一度特别想做而没有做的事，我长时间沉浸在悔恨的情绪里。和犹太人的交往，让我开始把我过去极力回避的关于肤色的整体问题，带到我的精神恐惧的核心地带，我过去极力回避这一点。我意识到《圣经》是由白人写成的。根据很多基督徒的说法，我是含[①]的儿子，他是一个被诅咒的人，因此我注定要成为一个奴隶。从时间的起初开始，我的命运就被永远地封印了，这和我是谁、我是一个怎样的人、我将成为怎样的人毫无关系。的确，如果你回顾整个基督教世界，这正是他们实际所相信的。这也正是它运作的方式。我

① 含（Ham），《圣经·创世记》中诺亚的孩子，其兄为闪，其弟为雅弗。他和家人一起避过洪水后，上帝赐福于诺亚与他的三个儿子，并以彩虹立约。含有四个儿子——古实、埃及、弗和迦南，据说他的后代主要栖居在非洲和亚非交界地带。

想起了那些意大利神父和主教——他们为奔赴埃塞俄比亚的意大利男孩们而祈祷①。

同样，之所以高中里的那些犹太男孩令我不安，是因为我发现他们和哈莱姆那些犹太当铺老板、房东和杂货店老板完全不同。我知道他们是犹太人——天知道我被提醒过多少次——但我只是把他们当做白人而已。直到我上高中之前，像这样的犹太人都被囚禁在《旧约》里，他们的名字是亚伯拉罕（Abraham）、摩西（Moss）、但以理（Daniel）、以西结（Ezekiel）、约伯（Job）和沙得拉（Shadrach）、米煞（Meshach）、亚伯尼歌（Abednego）②。发现他们走出埃及后已经一路跋涉度

---

① 此处作者应是指第二次意大利埃塞俄比亚战争，战争由意大利王国于1935年10月3日发起，一共进行了约7个月，以埃塞俄比亚被军事占领及并入意属东非告终。

② 这些都是《圣经·旧约》中的人物，人名按《圣经》（和合本）译出，下句中“火窑”（fiery furnace）是《圣经·但以理书》中的典故，沙得拉、米煞、亚伯尼歌因为身为犹太人，不供奉尼布甲尼撒王所供奉的神，被投进火窑，三人对尼布甲尼撒王说：“我们所侍奉的神，能将我们从烈火的窑中救出来。”（《圣经·旧约·但以理书》3：8—18）

过了几个世纪，已经距那个火窑那么遥远，这一点挺让人困扰的。我在高中最好的朋友就是一个犹太人。他曾经来过我家一次，他走之后我父亲问我，就像他问起所有人一样："他是基督徒吗?"这个问题背后的意思其实是："他得救了吗?"我不知道我当时的回答是出于幼稚还是恶毒，但我冷漠地说："不，他是犹太人。"我父亲用他的大手扇了我一巴掌，那一瞬间，过去的一切都卷土重来——所有的仇恨、恐惧，还有杀掉我父亲而不是任由他杀了我的冷酷决心，然后我意识到所有的布道、眼泪、忏悔和欢欣没有改变任何东西。如果我的一个朋友或者随便一个什么人将在地狱里永远受折磨，我不知道我是否应该感到高兴，我也突然想到另一个基督教国家——德国——的犹太人。毕竟他们离那个火窑并不遥远，而我最好的朋友也可能成为其中一员。我告诉父亲："他是一个比你更好的基督徒。"然后就离开家了。我们之间的战争是公开的，但没关系，这几乎是一种解脱。另一场更致命的缠斗已经开始了。

走上布道坛，就像登上剧场，我在幕后，看得到幻觉的制造过程。我也认识其他牧师，知道他们是如何生活的。我并不是在暗指电影《孽海痴魂》[1]里那种关于欲望的伪善，而是一种比肉体的伪善更深刻、更致命、更细微的伪善，而诚实的欲望，不论多寡，都像干涸沙漠里的水一样稀有。我知道如何组织一场全力吸引捐赠的集会，这并不难，我也知道那些供奉给神的募捐款去了哪里。尽管我并不想知道，但对那些与我共事的人，我毫无敬意，我也知道，如果我继续干下去，我也会看不起我自己。“年轻的鲍德温兄弟”——这个称号让我在那些老鸨和骗子面前更有价值，当初正是他们让我仓促逃进教堂的。他们仍然把我看做是那个他们曾经想要收编的小男孩。他们等着我清醒过来，意识到我

---

① 《孽海痴魂》（*Elmer Gantry*），1960年问世的好莱坞电影，由理查德·布鲁克斯导演，改编自美国第一位诺贝尔文学奖得主辛克莱·刘易斯的同名小说，讲述了一位投身于美国1920年代信仰复兴运动的修女与一个成功混入传教士队伍的推销员之间的纠葛。

正身处一桩有利可图的生意里。他们知道我还没有意识到这一点，还没开始怀疑我自己那些正在抬头（它们非常耐心）的欲望会将我引向何方。他们心里有数，知道胜算在他们那边。其实我也知道。我甚至比过去更加孤独和脆弱了。羔羊的宝血没有以任何方式净化我。我的皮肤仍和我出生那天一样黑。因此，当我面对一个集会，我得全力控制自己不要结巴，不要诅咒，不要告诉他们丢掉《圣经》，站起身来，回家去，组织一场集体抗租。当我在主日学校里讲课，看着那些孩子一张张古铜色或棕褐色的脸仰望着我，而我给他们讲温柔的耶稣，告诉他们为了得到永生的特权，要和自己在地上的厄运和解，我觉得自己是在犯罪。只有黑人才需要这种冠冕吗？还是说天堂是另一个贫民窟？如果我能相信在我所代表的避难所里存在哪怕一点仁爱，那我还有可能让自己与它和解，但我已在讲坛上站得太久，已经见到太多骇人的事情。我所指的不仅仅是这样一个刺眼的事实：牧师们最后都得到了房子和豪车，而信众们仍在擦地板，把他们的血汗钱一点一点捐给教堂。我想说的是，教堂里根本没有爱。爱只是仇恨、自我仇恨和绝望的面具。当布道结束，圣灵的神迹就结束了，走出教堂的门口，救赎就不复存在了。当我们被要求去爱众生，我以为那就是意味着所有人。但其实不是，它只适用于那些和我们持同样信仰的人，而且根本不适用于白人。比如，一位牧师告诉我，不论在什么情况下，在任何公共交通工具上，我都不该给一个白人女性让座。白人男性也从来不给黑人女性让座。这是实情，我也基本理解他的意思。但如果我得到的救赎不能让我把爱施于所有人——不管他们怎么对待我，那这种救赎的意义和目的是什么呢？其他人怎么做是他们自己的事，当审判的号声响起，他们必须自己去回答。但我怎么做是我的责任，我也必须去回答，除非天堂里还有一个专门分配给愚昧的黑人的教堂，让他们不必接受和其他人类或天使同样的审判。可能也是从那时起我才意识到，人们对于未来世界的认识，不过是他们现在所处的世界的倒影，而且他们会按照自己喜欢的样子扭曲它。这不仅仅适用于黑人，他们并不比其他任何人更“天真”、“自然”或者“虔诚”，他们只是遭到了更多的压迫而已。就像白人认为我们是含的后代、永远被诅咒一样，在我们眼里，他们是该隐[1]的后代。我们对上帝的激情，可以测量出我们心里的恐惧、怀疑以及对所有陌生人的仇恨有多深，同时也可以借此衡量我们对自我的逃避和鄙夷。

但我不能只是讲到这里：信仰背后还有更多的东西。无论如何，在我逃离的那种生活中，有一种热情、一种快乐，还有一种直面并战胜灾难的能力，非常动人，也很珍贵。也许正是我们遭受的压迫，以及我们必须承受的具体而特殊的复杂风险，将我们这些人——老鸨、妓女、骗子、教会成员和小孩子——捆绑在一起，而且在那些束缚中，我们彼此之间偶尔能实现一种近乎

① 该隐（Cain），《圣经》中亚当与夏娃的长子，因嫉妒杀死弟弟亚伯（Abel），后受到上帝惩罚，是《圣经》中第一个杀人的人。

于爱的自由。无论如何，我还记得教堂里的晚餐、教会的远足，以及在我离开之后，教堂里举办的房租派对[①]和腰围派对[②]，在这种时候，愤怒和悲伤都会躲在暗处不会出来惊扰，而我们吃喝、谈笑、跳舞，忘记了“那个人”。我们有酒水，有鸡肉，有音乐，还拥有彼此，不必再假装成自己不是的那个人。这就是人们会在，打比方说，一些福音歌曲和爵士乐里听到的那种自由。在所有的爵士乐中，尤其是在蓝调中，总有一种尖刻、讽刺、威严和双关的东西。美国白人似乎总觉得快乐的歌就是快乐的，悲伤的歌就只是悲伤的，老天保佑，这也是大多数美国白人唱歌的方式，无论他们唱哪种歌，听起来都是那么无助，带着一种毫无防备的愚蠢，以至于

① 房租派对（rent parties），一种兴起于1920年代的哈莱姆黑人区的社交形式，由于负担不了高昂的租金，租户会邀请音乐人或乐队进行表演，通过一顶帽子来向客人募资，凑齐自己的房租。这种派对曾密切影响了爵士和蓝调音乐的发展。

② 腰围派对（waistline parties），是哈莱姆黑人社区的另一种社交形式，规定一场聚会的门票和每一个人的腰围成正比，也有说，和伴侣中的女性的腰围成正比。

他们根本不敢去深究自己这种虚张声势、分不出男女的细小声音背后极度的冷淡。只有那些“坚定的”的人，像歌里唱的那样，才知道音乐是在讲什么。是“大个子”·比尔·布隆兹[①]曾经唱过《我感觉很好》这首歌，一首真正令人愉快的歌，唱的是一个正要去火车站见他女友的男人，他的女友即将回到家乡。歌手用他那极具感染力的表演，让听众意识到她离去的日子是多么无趣。她这次也不一定会留下来，就像歌手已经知道的那样，事实是，此刻她还没到达。今天，明天，或者接下来的五分钟内，他也可能唱起《我房间里的寂寞》，或者继续唱着：“难道，难道我们不解决这个问题？如果不是今天，那么也是明晚。”美国白人们理解不了这种

① “大个子”·比尔·布隆兹（Big Bill Broonzy，1893—1958），20世纪最重要的蓝调音乐家之一，美国蓝调歌手、词曲作者、吉他演奏家，主要为非裔美国人，包括城市里的黑人工人阶级表演乡村音乐，因其为民谣复兴所做的贡献闻名，此处提到他的歌曲为《我感觉很好》（*I Feel So Good*）和《我房间里的寂寞》（*Lonesome in My Bedroom*）。

令人意外的执着其实是多么深刻，他们猜想这种力量是出于肉欲，他们太怕感官这种东西了，以至于再也无法理解它。“感官的”这个词并不一定要让人联想起战战兢兢的黑皮肤少女或者充满雄性荷尔蒙的黑色种马这类形象。我指的是一种简单得多、平常得多的东西。我认为感官是去尊重和享受生命的力量，或者生命本身，并且贯彻于一个人所有的行动中，不管是努力去爱，还是掰开饼[①]。顺便说一句，如果我们美国人重新开始吃饼，而不再是我们曾经用来顶替它的那种渎神而无味的海绵橡胶，对这个国家来说，也将是伟大的一天。我这么说并非故作轻佻。当人们像这个国家的人那样深刻地怀疑自己的自然反应，变得如此毫无生趣的时候，厄运就会降临在他们身上。美国白人——无论男女——身上这种个

① 此处作者用的是《圣经》中耶稣擘饼分与众人吃的典故，《圣经·新约·使徒行传》中也有如下教诲：“都恒心遵守师徒的教训，彼此交接，擘饼，祈祷。”（2：42、20：7），以类比耶稣最后的晚餐。

人的不确定感，无力更新自己生活的源泉，让讨论更别提解释那些难题——亦即任何现实的难题——变得极其艰难。一个不相信自己的人，也就失去了现实的试金石，因为这块试金石只能是他自己。这样的人充其量只会在他自己和现实之间插入种种复杂如迷宫般的看法，而这些看法其实是属于历史和公众的，他对此常常不自知（就像他对其他许多事不自知一样）。他们不再和他人发生联系，更不再和现实发生联系。因此，白人对黑人的所有无知精确而无情地揭示了白人对自己的无知。

白人基督徒们也忘记了一些基本的历史细节。他们忘记了，这个现在被他们认作是自己的美德与权力的宗教——就像维沃尔德博士①说的，“上帝站在我们这边”，其实起源于现在中东的一块不毛之地，那时肤色

① 亨德里克·弗伦施·维沃尔德（Hendrik Frensch Verwoerd，1901—1966)，曾任教授、媒体主编，1958年出任南非总理，在他任内通过立法的形式逐步确定了臭名昭著的种族隔离制度，1966年被暗杀。

问题还不存在呢。为了建造基督教教堂，罗马人必须把耶稣杀死，而建造教堂的人并不是那些暴晒之下声名狼藉、为耶稣命名的希伯来人，而是盲目狂热、自我正义的圣保罗。那些随着基督教国家的兴起而被掩埋的力量，必须重回这个世界，没有什么能够阻挡它。我想，我们当中的许多人，都既期待又害怕它的到来，因为这种转变尽管包含解放的希望，同时也在呼唤一种剧变的必要性。为了面对过去那些被征服者的尚未被发掘、一直在沉睡的力量，为了作为一个人、一种流动的道德实体存续下去，美国，还有所有的西方国家都会被迫重新检视他们自己，摆脱那些已经被奉上神坛的事物，抛弃几乎所有他们长期用来为自己的生活、痛苦和罪行辩护的前提。

一位黑人穆斯林教士曾经唱过："白人的天堂，是黑人的地狱。"也许有人会反对，认为这把问题看得太简单，但这首歌却是真实的，自白人统治这个世界以来，真相就是如此。非洲人的说法又不尽相同：当白人来到非洲时，他们手里有《圣经》，而非洲人有土地，但现在，白人正不情愿地被暴力赶出这片土地，而非洲人还在尝试消化或者放弃《圣经》。因此，今天世界上的斗争是极端复杂的，涉及基督教在权力（也即政治）和道德领域的历史角色。在权力的世界，基督教世界的运转是全然傲慢和严酷的，这也是必要的，因为一个宗教通常都会把解放异教徒的精神义务强加给自己的忠实信众。这种所谓的真正的信仰，更多和精神相关，而非肉体，而无数异教徒用肉身（或尸身）见证了这个事实。也就是说，谁质疑这种信仰，谁就是在质疑用这种信仰来统治他的国家的权力，简而言之，就是在质疑他们对这片土地的所有权。不管一些传教士的动机如何，或其多么品行专一或多么英雄主义，福音的传播完全都是在为他们抢占山头寻找必不可少的借口。牧师、修女和学校老师们都在帮忙保护这种权力，并且将其神圣化，而它实际上被那些企图攻城略地的人无情地利用了，而不是为天上的那位，或者为俘虏们如此肯定地捏造出来的那位所利用。基督教教会本身（同样地，要和其中一些牧师区别开来），对那些高举旗帜的征战持一种许可、赞成的态度，它甚至助长了——如果说它不曾明确表达过——如下这种信仰，即这种让西方世界变得相对繁荣的暴力攻伐，是上帝恩宠的证明。上帝在沙漠里走了很远的路，可安拉也是这样，尽管他们是朝不同的方向。上帝向北走，平步青云，成了白人，而安拉失势，成了天堂的阴暗面，成了黑人——出于实用的原因。这样一来，基督教在道德领域的角色，至多也只能说是自相矛盾。即便先不谈这种假设其他人的习俗和道德低人一等，他们因此就有权力用各种手段去改变别人惊人的傲慢，不同文化之间的冲突本身，以及基督教世界内部的精神分裂，就已经让道德场域像曾经未被海图标注的大海那样晦暗不明，也仍如同今天的大海暗藏凶险。这么说也许并不过分，任何一个想要变得道德的人（我们先不要问这是否可能，而且我认为我们应该深信这是可能的），都必须首先和基督教教会里所有的禁律、罪行和伪善划清界限。如果“上帝”这个概念有任何正当性或任何用途，它就应该让我们更强大，更自由，更忠诚。如果他做不到这个，那么是时候抛弃他了。

早在我见到尊敬的伊莱贾·穆罕默德[1]之前，作为“全美伊斯兰联盟”运动的领袖，他的名字已经如雷贯耳。当时我并没有太在意，因为他讲的主题我已经不是第一次听到了，这一生我一直会听到它的各色变种。有时，我会在星期六晚上的哈莱姆，我站在125街和第七大道的交叉口蜂聚的人群中，听穆斯林演讲者讲话。但我已经听过太多这样的演讲，至少我一开始是这样认为的，总之，一直以来我已经形成了一个固定的

① 伊莱贾·穆罕默德（Elijah Muhammad，1897—1975），美国黑人伊斯兰教领袖，自1934年起担任“伊斯兰民族”（The Nation of Islam，也有译作全美伊斯兰联盟）运动领导人直至去世。他是马尔科姆·艾克斯（Malcolm X）、路易斯·法拉罕、穆罕默德·阿里以及其子瓦里兹·丁恩·穆罕默德的精神导师。

习惯，不去理会那些在神坛或者街头演讲角听到的东西。我以前就常听到他们关于白人的观点。而且，我并不同意全美伊斯兰联盟要求在美国建立一个单独的黑人经济体——这种呼吁我也早听过，一种任性的甚至恶作剧式的无稽之谈。然而有两件事让我开始倾听这类讲话：第一，是警察的行径。虽然我亲眼见过那些说辞比他们温和得多的人在同一个地方被警察从讲台上拖下来，也见过人群被拿着警棍或骑着马的警察驱赶，但现在，警察们没有这么干，显然不是因为他们变得更人性，而是因为他们接到了命令，他们害怕了。确实是这样，我也很高兴看到这一点。他们站在那里，三五成群，穿着童子军式的制服，配上童子军一般的面孔，完全松懈的样子，美国人的男子气概就是这样来对待那些无法用棍子、拳头和枪来解决的事的。如果我不是经常落在他们手里，并且从那些丑陋的经历中发现他们墙头草两边倒的嘴脸，我也许还会同情他们；另一个驱使我重新评估这些演讲者和他们的观点的原因，是听众的举动，那种沉默的强度。有时我绝望地想，美国人可以忍受一切政治演讲——在最近那糟糕的几年里，我们除了演讲没有干别的——尤其在哈莱姆已经见识过政治家们的各种煽动之后，说这种正直的感觉意味着某种惊人的变化并没有什么意义。然而，那些演讲者身上有一种彻底献身的气场，人们带着一种理性的希望看着他们，不像是在接受安慰或者催眠，而仿佛得到了警醒一样。

权力是我听到的那些演讲的主题。作为全美伊斯兰联盟的信条，我们获得了历史和神圣的证明，即所有的白人都是被诅咒的，都是魔鬼，都会被打倒。这是安拉本人向他的先知——尊敬的伊莱贾·穆罕默德所启示的。白人的统治将在十到十五年内被永远终结（必须承认，现在所有的迹象看上去都证明了先知预言的准确性）。人们似乎毫不费力就接受了这种宗教体系——我猜，在耶路撒冷两岸，在伊斯坦布尔，在罗马，所有人都是这样来接受神学的。而且，随着神学体系的发展，它也并不比人们更为熟悉的那种宣称含的子孙受到诅咒的污名更难理解。这种神学被设计出来是服务于同一种目的，仅此而已；也就是说，为了让权力神圣化。但大家并没有在这个宗教上花太多时间，因为不需要向哈莱姆的听众证明所有白人都是魔鬼。只消让他们自己的经验最终得到神圣的确证，这就足够令人感到高兴了——这可是一件大事！他们这么多年来都被欺骗了，他们所受到的禁锢终于行将结束，因为上帝其实是个黑人。为什么他们到现在才听到这个消息？这不是有人第一次说这话了，在我成长的岁月里，就多次从不同的先知那里听到过它。伊莱贾·穆罕默德本人宣讲这个观点也有三十多年了，他可不是一夜成名的人物，我们应该感激他的工作，因为我听说，在他大概六岁时，他父亲在他眼前被私刑处死（所谓的国家权力也不过如此）。而现在，突然之间，过去没能听到这话的人有机会听到它，相信它，并且被它改变了。伊莱贾·穆罕默德已经做到了一代代的社工，还有那些委员会、决议、报道、住房工程和广场没能做到的事：治愈、救赎酒鬼和瘾君子，帮助刑满释放的人改过自新，不再犯错，让男人和女人忠贞不贰，让他们笼罩在如亘古不灭之光的尊严和平静当中。他做到的这些事，恰恰是我们的基督教教会完全没能做到的。那伊莱贾是怎样做到的呢？

当然，某种意义上来说——我并非想要低估他独特的角色和成就——这也不是他做到的，而是时间的功劳。时间追赶所有的王国，摧毁它们；时间死死咬住那些信条，将它们撕成碎片；时间让所有王国的根基暴露并慢慢腐蚀它们，它摧毁教条的方式就是证明它们的虚假。不久以前，当罗马教堂里的牧师为那些意大利男孩祈求上帝保佑的时候——他们被送去洗劫一个不堪一击的黑人国家——那个国家到那时还没有将自己视为一个黑人国家——让人去相信上帝是个黑人还是不可能的事。要接受这样一种信仰，简直是丧心病狂。但随着时间的流逝，基督教世界那时已经宣告了自身的道德破产以及政治的动荡。突尼斯人在 1956 年说的话是对的——那一年对西方国家、对非洲而言都是一个非常重要的年份[①]——当他们面对那些为自己留在北非辩护的法国人时，问道："法国人能管好自己吗?"当一个基督教民族臣服于一场邪恶和暴力的狂欢，就像第三帝国时期的德国那样，"文明"、"基督教"这些词语就开始具有奇怪的意味，尤其在那些已经被判定为不文明、"非基督教徒"的人听起来。20 世纪中叶，由于他们先辈的罪行，在上帝的大本营——欧洲的中心，数以百万计的人被精心、持续、恐怖地送去处死，在这个启蒙时代之前的任何时代都不能想象这种情形，更不用说将其归档、记录。更进一步说，那些被西方世界碾压的人，可不像西方人，他们知道现在德国在欧洲的角色是作为欧洲和"野蛮人"之间的壁垒，而且正因为权

① 指1956年突尼斯宣布独立，结束了法国自1881年开始对其进行的殖民统治。

力是那些无权之人想要的东西，他们更清楚地知道我们西方世界想保留的是什么，也不会被我们关于自由的那套说辞所欺骗，因为我们永远也不会和他们分享那种自由。在我看来，光是第三帝国这一个事实本身，就已经让任何在技术领域之外的关于基督教优越性的问题变得过时、无效。白人们一直以来，甚至到现在都还震惊于德国的大屠杀，他们不知道自己还能干出这种事。但我很怀疑黑人们是不是为此感动震惊——或者至少和白人一样震惊。对我而言，犹太人的命运，以及世界对于他们的冷漠，让我非常恐惧。在那些悲哀的年代里，我禁不住去想，在美国决定系统地——不是逐步地，也并非无计划地——谋杀国内所有黑人的那一天，这种我已经熟稔的人性的冷漠也会降临到我身上。当然，我当然非常肯定，发生在犹太人身上的一切不会发生在美国黑人身上，但我悲凉地想，也许德国的犹太人也曾相信这样的自我安慰。此外，我也有充分的理由不同意白人对他们自己的看法，很简单，美国白人绝对不会用他们对待彼此的方式那样来对待黑人。当一个白人面对一个黑人，尤其是当这个黑人孤立无援时，可怕的事就会发生。对此我心知肚明。我被他们拉去警察局地下室的次数已经足够多了，我见多了，听多了，也忍受了太多无法无天的白人男女的秘密，他们知道这些秘密在我这里是安全的，因为即使我说出来，也没人会信我，而那些人不相信我的原因，正是他们知道，我所说的都是真的。

对我而言，“二战”后给予黑人的待遇，是黑人与美国关系的一个转折点。简单来说——也许这么说可能过于简化，某种确定的希望破灭了，对美国白人的某种尊重消失了。黑人开始可怜他们，或者恨他们。你必须想象自己是这样一个人，他穿着这个国家的军队制服，准备为了保卫它而赴死，却被你的长官和战友们叫做“黑鬼”，他永远被指派去完成最艰难、最难堪、最卑微的工作，他得知美国白人士兵们跟欧洲人说你们是下等人（这就是美国男人良好的自我感觉），他和白人士兵不能同一天在劳军联合组织[①]跳舞，他们不能在同一个酒吧喝酒，他看守德国战犯，却目睹他们从美国人那里得到了比他这辈子享有的多得多的尊严。与此同时，作为一个人，他在这片异乡的土地竟然比在自己的国家拥有多得多的自由。“家”这个词从此在他耳里变得绝望而残忍。你必须去思量这位公民所受的待遇，在他忍受了这么多之后，当他回到“家”，四处奔波找一份工作，找一间房子住；他亲身坐上种族隔离的公交车；亲眼看见上面写着“白人”和“有色人种”的标记，尤其是“白人女性”和“有色女性”的标记；看着自己妻儿的眼睛；亲耳听见那些关于北方与南方的政治演讲；想象你自己被告知“继续等着吧”。而所有这些都发生在世界上最富裕、最自由的国度，发生在20世纪。你心里也许会发生细微而致命的变化，你会意识到文明不是

① 劳军联合组织（United Service Organization），成立于1941年，是当时美国总统罗斯福下令成立的组织，任务是为军队提供娱乐消遣。

被邪恶的人所摧毁，人的邪恶并不必然导致这个后果，但人的怯懦会。几个月前，我和我的两个黑人朋友在芝加哥奥黑尔机场，我们三个都三十多岁了——看起来也如此——结果酒保拒绝为我们服务，因为他说我们看起来太小了。我们真是用了极大的耐心才没对他动手，我们拼命坚持，还靠着一点运气，才能把经理找来。经理也替酒保说话，说他是个新手，大概还没有学会怎么区分一个二十岁黑人男孩和三十七岁的黑人“男孩”。当然我们最后还是得到了服务，但此时任何威士忌都没用了。酒吧里人很多，我们非常大声地争执，没有任何一个顾客来帮我们。结束的时候，我们三个满是愤怒和沮丧地站在那里喝酒——我们特意早点来机场不过是为了吃点东西、喝一杯，结果被困在了那里。一个年轻的白人男子站在我们旁边，问我们是不是学生。我猜他认为这是我们大打出手的唯一原因。我告诉他，他此前不愿意和我们说话，那么我们现在也不会理他。这个回答明显伤害了他的感情，而这反过来又激起了我对他的鄙视。当我们中间那个朝鲜战争的退伍老兵跟他说，我们在酒吧里打的这一架也是为他而打，那个年轻人说，“我很久之前就没有良心了”，然后就转身离开了。我知道人们可能不愿承认，但这个年轻人是一个典型。照此说来，酒吧里的所有人都丢了良心。几年前，我会恨透了这些人，但我现在可怜他们。我可怜他们，是为了不鄙视他们。如此看待自己国家的同胞，这并不是什么值得高兴的事。

但最后，是笼罩在今天世界上那种集体灭绝的威胁，彻底地、一劳永逸地改变了现实的性质，并让我们对人类历史的真正意义产生整体性的怀疑。我们人类现在还有能力重新审视自己，这看起来是我们目前的全部成就了。我们走了那么远，以上帝之名才走到今天这个地步，而这已是上帝（那个白人上帝）所能带来的最好结果。如果是这样，那么是时候取代他了——但用什么来取代呢？这种空虚、绝望和痛苦在西方蔓延，从斯德哥尔摩的大街，到新奥尔良的教堂，到哈莱姆的人行道。

上帝是黑人。所有的黑人属于伊斯兰，他们是被选中的子民。伊斯兰教应该统治世界。这种梦想和感情是旧的，只有肤色是新的。而这个梦想，这个美好的可能，正是这个国家无数被压迫的黑人男女所怀抱的，在伊斯兰教士讲完之后，经过昏暗、臭气熏天的贫民窟街道，进入了那些破败不堪的家庭。白人上帝没能给他们的，黑人上帝也许能吧。

去年夏天我在芝加哥时，尊敬的伊莱贾·穆罕默德邀我去他家中聚餐。那是芝加哥南边一座宏伟的宅邸，也是全美伊斯兰联盟的总部。我去芝加哥并不是为了见他，也完全没有想到他，但在收到邀请的那一刻，我才意识到自己应该早就期待这一刻。我把这个邀请归功于那些难以置信、糟糕透顶、胆小愚蠢的白人自由主义者。无论在私下还是公开的辩论中，每当我试图解释黑人穆斯林运动是如何产生、如何发展壮大时，对方都会面无表情对此毫无兴趣，这种木然暴露了这些自由主义者无法把他们的态度和自己的生活体验，甚至知识联系在一起。事实上，这也揭示了他们只会把黑人当做符号或者牺牲品，而不把他们当人。当马尔科姆·艾克斯[1]——他被视为这个运动的二把手和明确的继承人，指出当以色列人重新夺回以色列的领土时，人们并没有大声斥责他们“暴力”，只有在黑人宣告自己将争取他们的权利时，美国人才会大声叫喊出这个词，他这话说得没错。当美国人说起大英帝国的荣光，他们会记得英格兰的每一次征服都是血腥的。在美国，暴力和英雄主义几乎总是同义的，只有遇到黑人问题时例外。而反驳马尔科姆的唯一办法就是承认这一点，然后问问自己这是为什么。全国有色人种协进会[2]打赢的那些官司没能反驳马尔科姆的说法，尤其是，没有几个自由主义者知

① 马尔科姆·艾克斯（Malcolm X，1925—1965），原名马尔克姆·利托（Malcolm Little），伊斯兰教士、美国黑人民权运动领导人物之一，有人批评他宣扬暴力、仇恨、种族主义，也有人认为他是20世纪美国历史上最有影响力的黑人。

② 全国有色人种协进会（National Association for the Advancement of Colored People），由黑人与白人共同组成的全国性民权组织，成立于1909年，旨在促进美国的黑人民权。

道为了搜集法庭上的那些证据是一件多么耗时伤财、颇费心力的任务，以及这样的庭审大战有多漫长。学生的静坐示威运动也没能反驳他的说法，只是因为并非所有的黑人都是学生，他们也不都住在芝加哥南区。而我，无论如何也不会仅仅因为不同意他的结论，或者为了抚慰那些自由主义者的良心，就否认马尔科姆所言的真实性。事情正如穆斯林们说的那样糟糕——实际上情况还要更糟，穆斯林也无济于事——但没有理由期待黑人会变得更耐心、更克制，比白人看得更长远，事实上正好相反。非暴力被认为是黑人的美德——我在这里讨论的并非种族的道德准则，那是另外一回事——这背后的真正原因是，白人不想让他们的生活、财产或自我形象受到威胁。于是他们便更经常这么说。在一个我和马尔科姆共同参加的电视节目的结尾，他被一个白人观众打断，那人说："我有一千美元和一英亩土地，你们会拿我怎么办？"我佩服他这个问题的直率，但我当时没有听到马尔科姆的回答，因为我正试图向某个人解释，不能简单地拿一百年前爱尔兰人的处境和今天黑人的处境相比。早在爱尔兰人有离开爱尔兰的念头之前，黑人就被锁链铐着带到这块大陆上来了，这些在你们很久之后才自愿迁徙过来的移民，结果爬得比你还高，这算什么安慰？在我在大厅等电梯的时候，有人握了握我的手说："再见，詹姆斯·鲍德温先生，我们很快就要称呼你为詹姆斯·艾克斯先生了。①"之后我想了很久，我的老天爷，如果这种情形持续更久，你们也许真的要这么叫我了。伊莱贾·穆罕默德应该看到了这个节目，或者别的节目，别人一定跟他谈起过我。因为，在后来那个

① 自1934年伊莱贾·穆罕默德成为"伊斯兰民族"的领导人之后，他提出了两个激进的计划，一是让美国黑人彻底从白人社区脱离，二是在美国建立一个完全由"伊斯兰民族"组成的独立州。为了与过去的历史区分，信徒的姓一律用字母X来代替，在很多美国黑人穆斯林看来，"X"代表和奴隶主强行赋予他们的姓氏完全脱离，寓示一种新生。前面提到的马尔科姆·艾克斯的名字也是这样的来历。此处，鲍德温的意思是，其他人暗示他会抛弃家族（先祖被迫效力的奴隶主家族）姓氏，换上一个有强烈宗教意味、代表新生的姓氏X（艾克斯）。

炎热的周日下午，我出现在他家的门口。

我很害怕，因为事实上我被召进一个高贵的地方。另一个害怕的原因是，我知道自己身上爱与力量、痛苦与愤怒的撕扯，我总是古怪地、无休止地在两极中间摇摆，试图选择更好而不是更坏的那一个。但这种所谓更好的选择是个人、私密意义上的——毕竟我是一个作家，这和社会意义上的好坏有什么关系呢？这里是芝加哥南区，从这个房子的门口一直延伸到他们目力所及之处，有一百万受禁锢的人。他们甚至不能读书，绝望的人们没有多余的时间和精力。那些富裕的人本来应该帮助他们，至少从目前的情况来看，他们自己也不读书，他们囫囵吞枣地阅读买来的书，并不是为了求知，学习新的态度。同样，我知道一旦我走进这座房子，就不能抽烟或者喝酒，口袋中的香烟让我有一种负罪感，就像几年前朋友第一次带我去他的教堂时我的感受一样。我迟到了半小时，在路上迷了路，觉得自己该像个学生一样被骂一顿。

那个走到门前来的年轻人，看上去三十岁左右，一张帅气的笑脸，似乎并不觉得我的迟到无礼，他把我带进一间大屋子。屋子的一边坐着六个女人，身着白衣，她们全忙着照顾一个漂亮的婴儿，好像是其中最年轻的那个女人的孩子。屋子的另一边坐着七八个男人，都很年轻，穿着深色的西装，一副泰然自若、仪表堂堂的样子。阳光平静地照进屋里，让人想起自己的童年，这种景象日后只有在梦境里才能见到了。我记得自己当时对这种安静、舒适、平和与品位颇感惊讶。我被介绍给他们认识，他们带着真挚的热忱和尊重问候我，这种尊敬反而增加了我的恐惧，因为这意味着他们对我有所期待，但我深知，出于为他们着想，我并不能满足这种期待。我们都落座了。伊莱贾·穆罕默德并不在屋子里。交谈进行得缓慢，但不像我担心的那样拘谨。他们在主导话题，因为我不知道我能带来什么合适的话题。他们比我想象的更了解我，读过我写的东西比我想的要多。我想知道他们怎么看待它们，怎么看待我的用处。女人们在小声地进行着自己的谈话，看样子她们并不被期待加入男人们的谈话。几个女人一直在屋子里进进出出，显然是在为晚餐做准备。而我们男人并没有就任何一个问题深入谈下去，明显大家都在等着伊莱贾·穆罕默德。不久之后，男人们一个个离开屋子又走进来。然后有人问我要不要洗手，于是我也去了一趟盥洗室。回来不久，大家都还站着，伊莱贾·穆罕默德走了进来。

我不知道我原本期待会见到什么。我之前读过他的一些讲话，也在广播和电视台里听过其他的片断，所以在我的想象里他应该是一个暴戾之人。但他本人不是这样的，走进来的这个男人瘦小，纤细，浑身都很精致，脸也清瘦，一双大而温暖的眼睛，笑容充满魅力。门徒们看到他的喜悦，以及他看到他们的喜悦，这些喜悦之情都跟着他进到了屋子里。这是那种令人会心一笑的相遇，因为人与人之间很少这样彼此珍视。他像一个父亲一般，开那些女人的玩笑，完全没有我在其他教堂里所熟知的那种丑陋而谄媚的调情痕迹，而她们的回应也非常自由，保持着一种伟大而亲切的距离。我知道他在走进来的时候就看到了我，但他一直没往我这边看。当他和其他人（我只能把他们当做他的孩子）谈笑风生的时候，他正在打量我，决定些什么。现在他转向我，用那种美妙的笑容欢迎我，几乎一下让我回到了二十四年前，回到那个牧师笑着问我“你是谁家的小男孩”的时刻。我没有用过去那种方式回应他，因为有些事是不能做两次的（唉，这样的事并不多）。但我知道他带给我的这种感觉——我被他独特的权威所吸引，他的微笑承诺帮我解除肩上的人生重负。把你的重担交托给上帝。伊莱贾脸上核心的特质是痛苦，他的微笑是这种痛苦的证明——这种痛苦如此古老、深刻和幽暗，唯有他笑的时候，这痛苦才变得如此个人化，如此独特。不知道如果他唱歌的话会是一种怎样的声音。他带着那种笑容转向我，说了几句，“我有很多话要对你讲，但等我们坐下来再说”。我笑了。他让我想起我的父亲和我，如果我们是朋友的话，也许就是这样子。

餐厅里有两张长桌，男人们一桌，女人们一桌。伊莱贾坐在我们这桌的主位上，我坐在他左边。我几乎想不起来我们吃了什么，除了食物很多，健康而简单，甚至健康简单到让我有点沮丧，因此我喝了两杯牛奶。伊莱贾提到他在电视上看到过我，认为我还没被洗脑，还在努力做自己。他用一种古怪的、令人紧张的方式说了这些话，眼睛看着我，一只手搭在嘴唇上，仿佛想要遮住自己的坏牙。但他的牙好得很。然后我记得听他说起自己曾在监狱中待过一些时日。我想我的确是想做自己，但不管这意味着什么，他说的那个意思肯定和我的不同。我说，是的，我想成为我自己，但我不知道还能多说什么，只好继续等待。

不管伊莱贾什么时候说话，桌边的人却会齐声说，“是的，就是这样”。这让我感到紧张。伊莱贾还有另一个更加令人紧张的习惯，就是在你开始回答他的问题之前，他跳开这个问题，评价别的去了。现在他转向坐在他右边的那个人，开始谈到上次和我一起出现在电视里的那个白人魔鬼：他们让他（指的是我）感觉怎样？我回答不了这个问题，也不确定他们是不是在问我。他们说的那个人的确让我感到恼火、窝囊，但我不把白人看做魔鬼。伊莱贾开始继续讲白人的罪行，“是的，就是这样”的应和不断响起。桌上的另一个人说：“那个白人肯定就是魔鬼，他自己的行为证明了这一点。”我看了看四周。说这话的人是一位非常年轻的男子，几乎还是一个男孩，他的肤色很深，气质冷静而尖刻。伊莱贾又开始用一种轻佻的开玩笑的方式，讲起基督教和基督徒。我才逐渐认清伊莱贾的力量是来自他的单纯。他没什么预谋，说什么就是什么。按照他的说法，我之所以没有意识到那个白人是魔鬼，是因为我长期接受白人教育，没有得到过真正的教诲。“那些被称为美国黑人的人”，是安拉这么久以来放任美国的唯一原因，白人的大限在1913年就已经到了，但也是安拉的旨意，让这个失落的黑人民族，让这个国家的黑人们，被从他们的白人主人那里拯救出来，回到真正的信仰——伊斯兰。在这个任务完成之前——而它很快就要实现了，对白人的整体毁灭将会被推迟。伊莱贾的任务就是要把“那些被称为美国黑人的人”还给伊斯兰，把这些被安拉选中的人从这个注定走向灭亡的国家中独立出来。不仅如此，这些白人其实了解他们自己的历史，知道自己是魔鬼，知道他们的时间快到了，因而他们所有的技术、心理学、科学和“诡计学”，都是为了努力防止黑人得知真相。而真相就是，在时间的开端，这世上本没有白人。黑人是这个世界过去的统治者，他们是完美的人类。这是被白人称作史前时代的真相。他们想要黑人们相信的是，过去黑人像白人一样，住在山洞里，善于在林间攀爬，吃生肉，没有说话的能力。但事实不是这样的，黑人从未如此。安拉允许这些魔鬼通过科学家开展邪恶的实验，结果最后产生了白人男性这种魔鬼，后来又更加灾难性地，创造出白人女性。这些可怕的生物注定要统治地球一段时间——我不记得具体是多少个千年了，但不管怎样，他们的统治即将结束，安拉从一开始就没有准许白人这个物种存在（事实上他把他们视作魔鬼，而不是人），现在急于重建完全被白人的崛起而破坏的和平秩序。因此从理论上说，白人是没有道德的，因为他们完全是另外一个物种，不可能通过教养成为黑人，就像一只猫不可能被调教成一匹马一样。他们是没有希望的。

这种冷酷无情的表达并不新鲜了，但它的象征更明确，敌意更直白。我对它的情感基调再熟悉不过，那只不过是另一种“罪人们应该永世下地狱”的表达方式罢了。对美国黑人来说，罪人总是白人，这是一个我们并不需要费力就能得到的事实，因此每个黑人也都面临着成为偏执狂的危险。在一个完全充满敌意的社会中，当它的本质似乎就是决心要除掉你，当在过去已经犯下滔天罪行的屠杀如今每天还在进行，那么人们就几乎不太可能区分真实的伤害和幻想出来的伤害。人们很容易就会放弃进行这种区分，更糟糕的是，他们完全意识不到自己放弃了这种努力。比如说，所有的门房和警察现在在我看来都没有区别，我对待他们的方式就变成了，在他们吓唬我之前我要吓住他们。毫无疑问，在这个问题上我不尽公正，但这是必须的，因为我不能冒险地假设这些白人比他们身上的制服更有人性。大多数黑人都不能冒险假设白人比他们的肤色更具人性。尽管难以察觉，但不可避免地，这会导致一种人们总是期待并且容易相信最坏的情况的心理状态。黑人在这个国家所遭遇的残忍不能被简单夸大，尽管白人并不一定乐意听到这一点。在一开始——这也不能被夸大，一个黑人不敢相信白人会这么对待他，他不知道自己干了什么会遭受如此待遇。而当他意识到这与他的行为毫无关系，白人就是想要毁掉他——这完全是没来由的——那么他把白人视作魔鬼就顺理成章了。几乎没有语言可以形容美国黑人的命运。这种经验的隐秘性才刚刚得到语言的承认和描述，一直以来都是被官方和流行话语所压抑否定，——因此才有了黑人的习语，这种经验证实任何试图要厘清它的体系。事实上，关于黑人的真相——无论作为历史存在，还是作为一个人——总是故意而残忍地对他们隐藏。每当一个黑人拒绝接受白人世界的定义，白人世界的力量就会受到威胁。这种削弱黑人的尝试，不仅发生在昨天，也发生在今天。那么，谁有权威裁定这么多痛苦和邪恶的根源在哪儿呢？那么，为什么不能说一切都起源于黑人，黑人是完美的呢——既然这正是白人这么多年以来用在他们自己身上的说辞？而且，一个绝对清楚的事实是，白人绝对是这个世界上的少数——这少数人如此危险，现在看来更像是唬人的——他们别妄想还能统治多久了。如果是这样的话，为什么不能说他们是靠阴险狡诈、累累罪行和忤逆天意来实现最初的统治地位，而不是像他们说的，顺应天意？如果是这样的话，他们对别人挥舞了很久的那把剑，现在也应该无情地挥向他们。所谓上天的见证不过是一次狡猾的抓阄，当时谁靠天堂更近一点，就由谁说了算。于是那些被用来将我们的恐惧、罪行和热望正当化的传说与神学，也就暴露了它们的真面目。

最后，为了回应其他一些被跳过的问题，我说："二十年前我离开了教会，从那以后我也不打算再加入任何别的教会了。"这是我用自己的方式告诉他们，我也并不打算加入他们。

伊莱贾问："那你现在是干什么的？"

我好像陷入了某种困境，因为我真的不想说，也不允许我自己被逼着说出我是基督徒这种话。"我？现在？什么都不是。"这还不够。"我是一个作家。我喜欢独来独往。"我听到自己这么说。伊莱贾对我笑了笑。最后我说："其实我没怎么想过这个问题。"

伊莱贾向他右边的人说："我想他应该多想想这个问题。"整桌人都表示同意。但并没有什么恶意或者谴责的意味。我有一种隐秘的感觉，他们知道我是属于他们的，只是我自己还没意识到这一点，我还没准备好，他们只要耐心等待，结果是肯定的，我自己会发现这个事实。毕竟，我还能去哪儿呢？我是黑人，因此就是伊斯兰的一部分，不管我愿不愿意，都会在白人们即将陷入的大屠杀中得到拯救。对先知钢铁般坚固的话语而言，我那些软弱、犹疑的顾虑不值一提。

我感觉回到了我父亲的房子，某种意义上的确如此，我告诉伊莱贾我并不介意白人与黑人通婚，我也有很多白人朋友。如果真有那么一天，我别无选择，只能和他们一起赴死（这句我没和伊莱贾说，我是和我自己说的），因为“在我喜欢也喜欢的我的那部分人中，有一些是白人，难道爱不是比肤色更重要吗？”

伊莱贾满怀善意、深情和怜悯地看着我，好像在看透我的心，他怀疑地指出，也许我有或者自认为我有白人朋友，他们一时也可能表现得很得体，但他们的大限将至。几乎就好像是在说：“他们本来是有机会的，但他们搞砸了。”

我环顾桌上四周，我显然无法提供任何证据能超过伊莱贾的权威，或者超过他们自己的生活和外面大街上的现实。是的，我认识两三个值得一辈子信任的白人，也认识其他一些白人义无反顾地挣扎、努力、辛勤工作，冒着风险去让这个世界变得更人性。但我能怎么说呢？一个人不可能和另一个人的经历、决定或者信仰争论。我所有的证据都会被法庭判为与案件主体无关，因为我只能援引特例。芝加哥南区证明了这桩起诉的正义，世界局势也证明了这桩起诉的正义。有史以来，其余的一切，都不过是一部试图改变世界而又宣告失败的例外的历史。这是真的吗？他们失败了吗？这在多大程度上被立场所决定？因为似乎有一种特定类型的失败从来都只会让世界变得更糟——准确地说，那些特例就是认为权力比爱更真实的那一类人。当然权力是真实的，许多事情——通常也包括爱在内，不能脱离权力而实现。非常诡异地，我当时突然冒出了一个闪念，想到如果白人们试图在饭桌上证明黑人不是下等人，他们会经历些什么。最后我几乎就要脱口而出，“好吧，拿我的朋友玛丽举例好了”，我几乎就要依据这种特例赋予玛丽活着的权力。指望什么呢？指望伊莱贾和其他人会郑重地点点头，最后说：“好吧，她可以活着，但其他人不行！”

我又环顾一圈，看了看桌上那些年轻的面孔，又看向伊莱贾，他正在说着历史上那些不曾拥有自己土地的人从来不会得到尊重。桌上的人继续附和，“对，就是这样”。我也无法否认这种观点的真实性。因为其他所有人——最近犹太人甚至也被包括进来，都已经拥有或者组成了自己的国家，有了具体的领土和旗帜。只有所谓的“美国黑人”依然在一个几乎囚禁了他们四百年，而且至今不把他们当做人类的国度里，遭受禁锢和鄙视，被剥夺继承权。而且黑人穆斯林，连同其他一些不是穆斯林的黑人，已经不再怨念地无止境地期待认同（它应该永远不会实现了）。同样无法否认的是，这个观点已经被美国黑人的历史充分地证明了。毕恭毕敬地站了这么久，等着美国人变得足够成熟并意识到你们其实并不是他们的威胁，这一切实在是太令人恼火了。另一方面，美国黑人此刻组成一个独立的国家又如何呢？这似乎是他唯一的希望（不仅仅从穆斯林的角度来看），让自己不至于在美国这团死水里湮灭，不被永久地彻底地遗忘，好像他们从未存在、所有努力都是徒劳一样。

伊莱贾的强烈态度，这些年轻人痛苦的孤立和不满之感，以及外面世界的绝望，让我隐约看到了一种现在看来也许是幻想的东西，尽管在一个如此荒谬的时代，已经很难说清到底是什么幻想。这么说吧，黑人穆斯林想要占领六七个州，声称这是美国因为奴役劳工亏欠黑人“逾期支付”的债务。不管以怎样的条件，美国显然不会接受这种版图划分——除非它意识到自身已经无法控制局势，也就是说，除非美国不再是世界霸主，和当年英国被迫放弃它的帝国时的那种情形和速度一模一样（英国人说自己时刻“准备撤退”是不实的，它的那些前殖民地的状态证明了这一点）。如果他们想要的是美国南方诸州——黑人穆斯林们似乎倾向于此，那么和一个充满敌意的拉丁美洲比邻，实际上就会是马里兰州面临的问题①。美国的海上边界线一边朝向虚弱的欧洲，另一边朝向一个不值得信任的、非白人的东方，北方除了加拿大之外就只有毗邻俄罗斯边境的阿拉斯加。这会让美国和加拿大的白人在这片充满敌意的大陆上陷入孤立的境地，白人世界的其他部分可能不愿意也不能前来支援。在我看来，这一切都不是最迫在眉睫的可能性，但如果我是一个穆斯林，我将牢牢记住这个可能性，并且努力促成它。如果我是一个穆斯林，我会毫不犹豫地去利用——或者应该说，去加剧这里到处蔓延的那种社会和精神的不满情绪，因为最坏的情况也不过是我毁掉了一座我早就仇恨的房子，就算搭上自己的性命也无所

① 作者提到，美国黑人穆斯林运动试图割据美国南部的七个州。如今对南部的定义和界定多比较宽泛，比如有“老南部”，即最早的南方殖民地州，包括特拉华州、佐治亚州、马里兰州、北卡罗来纳州、南卡罗来纳州和弗吉尼亚州。也有一种分法，是用以形容在美国内战中加入了美利坚联盟国的州分，而内战中的“边缘州”——尤其是密苏里州、肯塔基州、马里兰州和特拉华州，则属于位于北部但紧邻“南部”边缘的州。马里兰州因历史和地理的特殊性，会变成新的版图界定中充满紧张的分割线。

谓。我们在这里早就性命堪忧了！

桌上的人都在想什么？“我来这儿就是要给你们一些别人无法从你们身上夺走的东西”，伊莱贾说。桌子四周变得无比庄严，一张张黝黑的脸上透出多么明亮的光。这就是传遍街巷、社区、监狱、麻醉病房和污秽病态的精神病医院的信息，它被传递给那些已被剥夺一切，连他们的自我意识也被剥夺的人。人不能脱离这些感觉而生存，他们会不顾一切收回它们。这也是我为什么说，任何社会里最危险的生物都是那些一无所有的人。甚至不需要太多这样的人，有一个就够了。我能够想象，伊莱贾就是这样一个一无所有的人，从他看见父亲的血喷涌而出那一刻开始，据传闻说，他父亲的血穿过树叶滴落到他身上。桌上其他人也同样一无所有。伊莱贾写过：“回到你真正的宗教吧，丢掉那些魔鬼——奴隶主的锁链，回到信徒中间。不要再喝他们的酒，吸他们的毒，保护你们的女人，抛弃那些肮脏的下流胚。”我记得我多年前的伙伴们，站在走廊里喝红酒和威士忌，流着眼泪，吸毒成瘾，我的弟弟对我说："如果哈莱姆里没有这么多教堂和酒鬼，大街上就将血流成河。"保护你们的女人：对于一个性别观念如此可悲的文明来说，这是一件非常困难的事，在这里白人的男性气质建立在对黑人男性气质的否认之上。保护你们的女人：在一个阉割男性、虐待女性，而且男人被迫要靠女人养家糊口的文明里。保护你们的女人：在面对白人男性口中"给你们的下一代注入一点白人血统，我们认为这是在帮你们"的妄言时，也在面对南方人的猎枪和北方人的警棍时。多年以前，我们会面对虚无，挑衅地说："是的，我是黑人，真见鬼，但我很漂亮！"但现在，非洲的王和英雄们从过往的历史中诞生了，而那个过往可以为权力所用。黑色已经成了一种美丽的颜色，这不是出于爱，而是出于恐惧。对于美国黑人来说，这种紧迫性是不能被忘记的！当他们看到其他地方的黑人站起来，坚持自己的许诺，他们最终会像白人一样气宇昂昂地行走在世间，被白人们不再掌握的权力所保护，这就足够了，这完全足够清空所有的监牢，把上帝从天堂拉下来。在肤色被发明出来之前，这种事情过去发生过很多次，对天堂的确信一直是获得这种特殊恩典的隐喻。有首歌是这么唱的："我知道我的王袍会很合身，我在地狱的门口试过了。"

我该离开了，我们站在宽敞的客厅里互道晚安，而一切都怪异而沉重地悬而未决。我忍不住想，在他们和我自己眼里，我都没能通过这次考验，或者说没能注意这个警告。伊莱贾和我握手，他问我之后去哪儿。不管我去哪儿，他们都会开车送我。"因为，当我们把别人邀请过来，"他说，"我们都会负起责任，保护他不受白人魔鬼的侵扰，直到他到达下一个目的地。"而我实际上正要去城市的另一头和几个"白人魔鬼"喝一杯。我承认自己犹豫了几秒要不要告诉他地址，在芝加哥以及任何美国城市，这类地址因其所在的区域会自然地被认为属于白人。但我还是说了出来，伊莱贾和我一起向门口的台阶走去，一个年轻人离开我们去取车。这个和他单独相处的时刻感觉非常奇特，我们一起面朝着那些鲜活的、暴力的、问题重重的街道。我感到自己离他很近，而且非常希望自己能够爱戴他，视他为一位见证者、一位盟友、一位父亲。我感到我了解他的一些痛苦和愤怒，甚至他的美。然后正是因为那些街道的现实和本质——因为那些我们分别承担的不同的责任——我们将永远是陌路人，甚至在有一天成为敌人。车子来了，闪耀着金属的光泽，十足的美国蓝。伊莱贾和我再次握手，互道晚安。他走回自己的大宅，关上了门。

司机和我沿着湖边启程，穿过夜色中异常美丽的呢喃的芝加哥。我们重新回到关于土地问题的讨论上。我们黑人是怎么来到这片土地的？我问这个黑人小伙子，就是他早先在饭桌上说到白人的行为证明了他们是魔鬼。他先是跟我说，由于穆斯林信众的强大，以及黑人群体每年掌握的资金——大概两百亿美元，很多清真寺正在或者即将在美国的不同地方被兴建起来。“光是这个就能证明我们现在有多强大了。”他说。但我谨慎、拐弯抹角地坚称，不管有两百亿美元还是多少，一切都取决于美国的整体经济。如果黑人不再属于这个经济体，将会怎样？更不必提，为了让这种情况发生，美国经济本身将会经历彻底的灾难性的变化，而那时美国黑人的消费能力也将不可同日而语。那时，这个独立的国家将会建立在怎样的经济基础之上？小伙子给了我一个奇怪的脸色。我急忙说："我不是说那不可能，我只是想知道它会怎样实现。"我在想，要实现这个目标，你的整个参照系都必须改变，你将要被迫放弃许多你现在并没有意识到自己拥有的东西。我不知道我脑海中那些东西是否有什么真正的价值，比如我们坐在里面疾驰的这堆外表优雅的金属架子。但没有了它们，生活将会非常困难，我不知道他是否想过这些。

尽管如此，一个人怎么可能在权力的象征之外想象另一种权力？那个男孩看到了自由取决于对土地的占有，他被说服了，不管用什么方式黑人都必须实现这种占有。同时，他可以不带任何恐惧地走在大街上，因为成千上万像他一样的人此刻或者即将掌握权力。简而言之，他被一个梦拯救了，因为肤色和其他“兄弟”团结起来，尽管不是所有的梦都会实现。也许这就够了，夫复何求。人们似乎总是被一些与爱无关的原则所团结，这种原则让他们卸下了自己的责任。

然而我曾经希望穆斯林运动能够给萎靡不振的黑人群体灌输一种更真实、更独立的自我价值，好让北方贫民窟里的黑人能够更加具体地开始改变他们的处境，不管付出何种代价。但要改变一种处境，人们首先必须真正地认识它，在眼下这个例子中，就是要接受现实：不管人们之后如何对待它，黑人已经被这个国家所塑造，不论好坏，他们不属于别人，不属于非洲，也绝不属于伊斯兰。一个悖论，一个残酷的悖论在于，只要美国黑人不愿意接受自己的过去，他们在任何地方任何大陆都不会有未来。接受一个人的过去、一个人的历史，并不意味着沉溺其中，而是学会如何使用它。一个虚构的过去是永远无用的，如同旱季里的黏土，会在生活的重压下破裂、粉碎。美国黑人的历史能被怎样使用呢？在这个世界历史的紧张时刻，这需要付出的史无前例的代价——超越种族的现实，超越所有的国家和宗教。

“无论如何，”在一阵长久的沉默之后，男孩突然说，“我知道事情将不会永远像它过去那样。”

然后我们就达到了敌人的领地，在敌人的门口，他们让我下了车。

似乎没有人知道伊斯兰民族运动的钱从哪儿来。其中很大部分当然是由黑人捐献的，但也有传言说伯奇主义分子[①]和一些得克萨斯石油大亨对这项运动青睐有加。我无从考证这些传言的真实性，但鉴于这些人如此明确地主张种族隔离，确有其事也不足为奇。不管怎样，在最近一次的穆斯林集会上，美国纳粹党主席乔治·林肯·洛克威尔[②]强调他将捐出 20 美金，而且

① 约翰·伯奇协会（John Birch Society），1958年成立，被普遍认为是一个极右组织，支持反共运动与有限政府，并且拥有自己的出版公司，出版杂志《新美国人》。

② 乔治·林肯·洛克威尔（George Lincoln Rockwell，1918—1967），美国极端纳粹分子，美国纳粹党（American Nazi Party）创始人。1967年，在离开弗吉尼亚州的一个自助洗衣店时，被原来的纳粹党徒杀死。

宣称他和马尔科姆·艾克斯在种族问题上达成完全一致。对一个种族的赞颂以及随之而来对另一个或多个种族的贬低，一直是杀戮的起源。这是没有办法的事。如果人们被允许仅仅因为种族或肤色就对另一个群体抱有特殊的厌恶，那么，他将为他人带来无尽的折磨，而且既然整个种族都不可思议地遭到控诉，那么也就没有理由不将它彻底摧毁。而这恰恰是纳粹曾经的企图。他们唯一的独创性仅仅在于他们使用的手段而已。必须严正地提醒，对无辜者的滥杀早就不是太阳底下的新事了。我非常关心美国黑人如何在这个国家获得自由，但我同样关心他们的尊严，以及他们灵魂的健康，我坚决反对任何让他们以牙还牙的企图。我想我很清楚这条路将把我们带往怎样的精神荒漠——如今我们每天都可以在周遭看见它。事实很简单，人们看来却很难真正理解：任何损害他人人格的人都在贬低自己的人格。这句话并不神秘，极其现实，它被亚拉巴马州的警官们[1]亲眼见证过。我绝不希望黑人走到那样一个卑鄙的境地。

现在，黑人在美国掌权已经几乎不可能了，因为他们只占这个国家大约九分之一的人口。他们和非洲人的情况不同，后者要重新夺回土地主权，打破殖民者的束缚，从被殖民的经历中复原。美国黑人身处的危险境况与此不同，无论是对美国黑人自身，还是对他们身处的这个国家而言——他们过去是，现在依然是这个国家动荡的一部分。美国黑人是一个奇特的物种，没有其他地方的参照，也没有先例。穆斯林对此的回应是把黑人称作“所谓的美国黑人”，并且用“艾克斯”（X）这个字母来替代他们从奴隶制继承下来的姓氏。这倒是事实，每个美国黑人都继承着一个他最早隶属的白人主子的名字。我叫鲍德温，是因为我要么被我的非洲部落卖给一

---

① 作者在指的是1955年亚拉巴马州的反对种族隔离运动。1955年12月，亚拉巴马州的一位黑人女工罗莎·帕克斯（Rosa Parks）在坐公交回家时，拒绝了驾驶员让其给白人让座的要求，这在当时是违法的，她被警察逮捕。该事件引发了黑人大规模抵制乘坐公交车的运动。

个名叫鲍德温的白人基督徒，要么就是被他掳走的，他也正是那个强迫我信奉基督教的人。于是不管从表面上看，还是从法律上讲，我都是一个白人清教徒国家里的奴隶的后代，这就是作为一个美国黑人的意义，作为一个被绑架的异教徒，被当作牲口一样出卖，又被当作牲口一样对待，还曾经被美国宪法规定只能折算成“五分之三”个人①，而且根据“德里德·斯科特判决案”②，他

① 1787年的美国宪法第一条第二款第三项规定：“众议员人数及直接税源，应按联邦所辖各州的人口数目比例分配，此项人口数目的计算法，应在全体自由人民——包括定有契约的短期仆役，但不包括未被课税的印第安人——数目之外，再加上所有其他人口之五分之三。”其他人口即当时的黑奴，他们和印第安人一样不被计入本州人口总数。在计算众议员和缴纳直接税时，将黑人当做五分之三个自由人看待。后该条被废除。

② 德里德·斯科特判决案（Dred Scott decision），德里德·斯科特是一位美国黑奴的后代，19世纪中期，他跟随主人来到当时已成为自由州的伊利诺伊州和威斯康星州，并向法庭申请获得自己的人身自由。案件上诉到最高法庭后，法官们以7:2的投票表决驳回了他的起诉，并且认为黑人作为黑奴后代，不论是否获得人身自由，都不能享受美国公民的待遇，而且无权在联邦法庭上诉。该判决在当时引起了强烈的反对，成为民权运动中标志性的案例，也普遍被认为是美国最高法院做出过的最糟糕的判决。

们不享受被白人尊重的权利。然而今天，在他们获得法律意义上的解放的一百年后，他仍然是他的国家里——可能除去美国印第安人之外——最受鄙视的人。现在，如果美国政治和社会结构不发生彻底、深远的变化，黑人的处境不会有任何真正的改变。而美国白人显然不仅不愿意促成这些改变，而且懒惰到不能想象它。同时必须指出的是，黑人自己也不再相信美国白人的善意——即使他们曾经相信过。在全球的范围内，黑人已经发现了自己一直秘密拥有，但到今天为止只能偷偷行使的震慑力——而且他们经常也只是为私人目的行使这种力量，这种目的一直都很局限。因此当这个国家经年累月地讨论一种“新的”黑人时，指的并不是黑人内部产生的改变——这种改变本来就难以评估，它指的是让黑人安分守己时面临的新困难，指的是这个国家（又一次！又一次！）和他交战，他又堵住了让这个国家享受精神和社会安逸的另一种可能。这话也许听起来冷酷而古怪，但这才是一个人可以为另一个人做的最重要的事——甚至是世界上最重要的事之一。因此，痛苦和必要的爱——成了黑人为这个原本不成样子、不为人所知的国家所做的巨大贡献。结果，美国白人竟自欺欺人地认为黑人曾幻想白人会给予他们什么。事实上他们很少给予。多数人总是防范捍卫，维持现状，他们以为自己捍卫和维护的是他们自己以及他们认为属于自己的东西，其实他们真正维护的只是现实的体制以及他们的自我想象。一个人若不牺牲自己——也就是说，让自己铤而走险——否则他们其实无法给予任何东西。然而，一个人只需要释放奴隶就能给予别人自由，而在黑人这件事上，美利坚合众国却从未成熟到去这样做。美国白人现在满足于他们那种“表面文章”的姿态。一个确凿的例子是，他们在庆祝 1954 年最高法院禁止学校内种族隔离的判决①，尽管已经累积了大量反证，他们仍认

① 1950年代初期开始，美国国内抗议“黑人与白人学童不得进入同一所学校就读”的种族隔离法律的运动方兴未艾，其中影响最大的“布朗诉托皮卡教育局案”（Brown V. Board of Education）是其中最重要的诉讼案。1954年5月17日，美国最高法院对该案做出判决，判定种族隔离违宪，开启了黑人和白人同校的历史。

为这是彻底改变的证明，就像他们喜欢用的说法——进步。也许吧。这完全取决于人们如何理解“进步”这个词。我认识的大多数黑人认为，如果不是因为冷战的竞争，以及非洲完全获得民族独立，政治上他们必须得到原先的主子们的后代的承认，这个巨大的让步并不可能实现。如果真是出于爱与公平，那么1954年的判决早就出现了，如果不是因为那个艰难年代里的权力现实，它可能也不会这么早到来。这么讲述这次判决显得有点过于苛责——简直有些不知感恩——但支持它的证据难以驳倒。我个人认为它根本就不能被驳倒。在任何事情上，都不能指望靠美国人品德中的草率和愚蠢来解决难题。难题只有在必要的时候才会被处理，而且要等到万不得已的那一刻——而在政治术语中，必要不过是为了保住自己的高位而做出的让步。我认为这就是事实，再抵赖也无济于事，而且不管它是不是事实，世界上包括美国黑人在内的黑人群体都完全相信了这一点。“独立”这个词在非洲和“融合”这个词在这里，几乎都没有意义，也就是说欧洲尚未对非洲撒手，而这里的黑人远未实现自由。最后这两个声明都是不容否认、彼此相关的事实，与我们每个人都关系深重。这个国家的黑人也许永远不可能掌握权力，但他们的地位的确可以制造混乱，让美国梦降下帷幕。

这当然和美国梦的本质密切相关，也因为不管什么肤色的美国人都不敢检视它，更别提实现它了。有许多关于自己的真相，我们并不想要了解。比如人们并不特别急于实现平等（到底是什么平等？给谁的平等？），他们热衷于高人一等。这个关于人类的真相还有一种特别沉重的影响，那就是在这个国家，认同几乎不可能实现，人们永远在试图改变自身的地位（想想这个国家劳工的历史，在人们的意识中，这里没有工人，只有老板女婿的候选人）。而且我只遇到过极少数真正向往自由的人，其中多数都不是美国人。自由是难以承受之重。也许有人会反对我用精神的概念来谈论政治自由，但任何国家的政治结构总是受制于该国的精神状态，并最终被它控制。在这个国家生活的我们被自己的迷惘困惑——远远超过我们意识到的程度——所控制，因而在个人、国内和国际的层面上，美国梦都已变成一个噩梦。在私人生活中，我们无法忍受自己的生活却不敢检视它们；在国内，我们对这个国家正在发生的事情毫无责任感（也毫无自豪感）；而在国际上，对数以百万计的人们来说，我们是一场十足的灾难。任何对最后一点有异议的人只需要睁开眼睛，打开心智，就能看到诸如古巴农民，还有西班牙诗人的证词，请扪心自问，如果他是美国政策在前卡斯特罗时代的古巴或西班牙的受害者，他将会对我们作何感想。我们用俄罗斯的威胁以及保护自由世界的必要性，来为美国在西班牙的吊诡角色辩护。而我们从没想过我们仅仅是被俄罗斯成功催眠了，在我们视为东方和西方的斗争中，俄罗斯唯一真正拥有的优势是西方世界的道德历史。俄国的秘密武器是我们几乎没意识到的数百万人的迷惘、绝望和饥饿。俄国共产党并不真正关心那些人，但我们的冷漠和犹豫会造成这种结果，即便我们没有把他们送到俄国人手里，也会让他们投入俄国的怀抱，而这一结果也会让他们当中最善言辞，同时也是最深受压迫的人，更加不信任我们——而这并不能怪他们。我们的权力和对变化的恐惧，将他们紧紧地与和他们的不幸与困扰捆绑在一起，以至于当他们发现这个国家不可忍受时，我们也就受到了极端的威胁。因为如果他们发现自己的国家不可忍受，而且压迫深重、难以改变，就很容易把赌注压在另一个强大的权威上，那时就一发不可收拾，而当他们终于改变了自己的处境时——就像在古巴发生的那样，我们也将面临前所未有的威胁，也就是那种暴力剧变之后的权力真空。我们现在应该很清楚，推翻一个独裁者或击退一个侵略者是一回事，而真正实现一场革命完全是另一回事。时间已经反复证明，人们发现自己不过是出卖了自己，落入另一位暴君之手，因为后者需要重建这个破碎的国家，不会放他们自由。也许，人本身才是难题的症结所在，他们从来不愿意承担生活的责任。但在内心最深处，我拒绝相信这一点。我想人不是这样的，人可以自我超越。一旦我们发现这种责任就是现实，并且走到现实中去，就能够承担重任。重点在于，我们此时正生活在一个革命的年代，不管我们如何面对，美国都是唯一既有能力，又如我所希望的，同时又有经验能够帮助这些革命发生，让人类付出最少代价的西方国家。任何试图压制这些即将爆发的能量的努力，都相当于签了我们自己的死刑判决。

在我们所谓的俄国威胁的背后，其实是我们自己不愿面对的一切，以及美国白人在黑人问题上不愿面对的现实——生活本身是悲剧性的。这种悲剧性纯粹是源于地球自转，太阳必然升起落下，对我们每一个人来说，太阳都会在某一天最后一次下山。也许我们人类所有问题的根源，都在于宁愿牺牲所有的生命之美，而将自己困在图腾、禁忌、十字架、血祭、教堂、清真寺、种族、军队、旗帜、国家里，就是为了否认我们终将死去的事实，这个我们唯一拥有的事实。在我看来，人们应该为死亡这一事实而感到欣喜，应该果断勇敢面对人生的难题而赢得自己的死亡。人对生命负有责任：它是可怖的黑暗中那座小小的灯塔，我们从那里来，也该回到那里。人应该尽可能高贵地走完这段旅程，这也是为我们的后世着想。但美国白人不相信死亡，这也是为什么我们的深色皮肤在他们眼里那么吓人，这也是黑人的存在为什么能毁灭这个国家。去相信去庆祝那些永恒之物——出生、挣扎和死亡，还有爱，尽管我们不总这么认为——是一个自由人的责任，去理解变化的本质，拥有改变的能力和愿望。我说的变化不是表面上的，而是一种深层、彻底的更新。但如果一个人把一些短暂之物认作恒常，比如安全、金钱或者权力，那么这种新生将不再可能。他们抓住一些海市蜃楼，最后只会遭受背叛，通向自由的希望和所有的可能性也就不复存在。我所说的毁灭，指的正是美国人放弃了任何争取自由的努力。黑人之所以能加速这种毁灭，是因为在美国白人漫长的历史中，他们从未能够把黑人当做和他们自己一样的人来看待。做出这个判断并不费力，它已经被反复证明过，黑人持续扮演着那样的角色，用难以言说的挣扎去抵御美国白人过去和现在正在使用的那些否认黑人人性的伎俩。美国人本来可以把双方耗在这一冲突上的能量用在别的地方。在所有西方国家中，美国本来最有希望去证明肤色这个概念的无用和陈旧，但它不敢接受这个机会，甚至不愿意承认这是一个机会。美国白人视之为他们的耻辱，他们一直以来都很艳羡那些更文明、更优雅，不被境内黑人侵扰的欧洲国家。因为美国白人已经假定“欧洲”和“文明”是同义词——事实并非如此，一直以来他们都不信任其他的标准，其他的生命力的源泉，尤其是那些在美国自身爆发出的生命力，他们试图表现得好像欧洲人的那一套也完全适用于他们。随之而来的问题是，我们这个几乎不被认为是白人国家的国家，却总把自己当作其中一员，我们迫使自己和其他真正的白人国家陷入贫瘠和衰败，但其实如果我们能够接受自己真实的模样，我们还可能给整个西方文明的成就注入新的生命，并改变它们。这种转变的代价就是，给予黑人无条件的自由，这么说并不过分，他们这么长时间被拒之门外，现在必须被接纳了，不管付出怎样的思想或社会代价。“他”是他所在的国家的关键人物，他与美国的未来休戚与共。黑人用一种消极的方式意识到了这一点。然后问题就来了：难道我真的想要被这所正在燃烧的房子接纳吗？

美国白人和其他地方的白人一样，不愿意抛弃认为他们身上具备黑人需要或者渴望的一些内在价值的想法。这种傲慢和自负以很多惊人的方式显现出来——从巴比·肯尼迪①保证未来四十年内将会从黑人中诞生一个总统，到一众自由主义者向他们的黑人对手表达热烈

① 巴比·肯尼迪（Robert Kennedy，1925—1968），是罗伯特·肯尼迪的绰号，来自马萨诸塞州的律师和政客，被认为是现代美国自由主义的代表人物之一。1961年至1964年间，在其兄约翰·肯尼迪和林登·约翰逊的总统内阁中担任过美国司法部长，任内以支持民权运动、打击黑手党和有组织犯罪以及解决古巴导弹危机而闻名。1968年，他作为民主党总统候选人的有力竞争者，在一次竞选活动后遭枪击身亡，凶手是一名巴勒斯坦年轻人。

祝贺时那种令人遗憾的语气——这种假设会导致黑人问题能否得到解决要取决于黑人要多久才能接受、采纳白人标准。当然，是黑人被假定已经获得平等，这一成就不仅证明了一个令人欣慰的现实——蒙受上帝的恩典不分肤色，而且也巩固了白人的自我价值感。唉，这种价值几乎不可能通过其他方式得到证明，无论是白人的公共生活还是私人生活，显然没什么东西值得他人效仿。而白人对此也心知肚明。因此，由于白人急欲摆脱那些非白人的眼光，不让自己的面目被看清，就把许多能量投到我们所说的黑人问题中去了。与此同时，白人的很多痛苦也根植于他们那种同样强烈的，想要呈现出自己本来面目，摆脱镜像的暴政的欲望。不管是否愿意承认，我们都知道镜子只会撒谎，沉溺其中的结局只能是死亡。正是因为这样，人们如此绝望地寻找爱，又如此狡猾地回避它。爱会摘掉那些我们赖以生存，但又深知戴着它同样无法生存的面具。我这里用“爱”这个词，不仅仅是在个人情感的意义上，而是作为一种存在状态，或者说蒙受神恩的状态——不是幼稚的美国人被赐予幸福的那种感觉——恰恰相反，它是艰难的、普遍意义上的追求、勇气和成长。而且我认为，今天威胁美国的种族矛盾并不是真正的憎恶，相反，它只是象征性地和肤色有关。这些矛盾，和爱，或者杀戮，都有同样深刻的根源。白人们不愿承认——显然出于他们不可告人的原因——他们把个人的恐惧和渴望投射到了黑人身上。唯一能让他们从黑人造成的压迫感中解脱出来的，就是同意在现实中让自己成为黑人，成为这个充满苦难、摇摇欲坠的国家的一部分——而他现在只是带着属灵导师[①]的支票，在高处不胜寒的权力之巅惆怅地俯瞰尘世，天黑后才鬼鬼祟祟地造访这个国家。人们怎么可能尊重那些说一套做一套的人鼓吹的价值，更别提接受它们了。我不能接受这个提议，美国黑人历经四百年的

① 作者在此处指美国白人用宗教领袖的言语来麻痹自己。在一些少数派宗教团体，如Eckankar（埃坎卡教）中，属灵导师（spiritual travelers）被视为上帝的使者，有通灵体质，可以启发其他信徒。

艰辛结果仅仅是为了达到美国文明现在这个水平。为了能忍受我生活中的道德矛盾和精神贫瘠，如果你们指望我现在开始依赖美国的精神科医生，那么我远不认为离开非洲巫医是值得的。我拒绝这个交易。黑人唯一需要或者想要的白人手里的东西就是权力，而没有人会永远掌握权力。总的来说，白人不能被作为生活的典型。毋宁说，白人自己也迫切需要新的标准，来解决他们的苦恼，让他们重新恢复与自身内在更丰富的交流。我再重复一次，白人要获得解放的代价就是黑人获得解放——总体的解放，无论是在城市还是在乡村，无论是在法律还是在精神层面上。为什么这么说，举个例子，即便像我这么了解家庭的人，也不知道为什么我会想要娶你的姐姐，但如果我们俩想的话我们就可以结婚，没有人有权力阻止我们。如果她不能让我达到和她一样的水准，也许我能提升她的，让她变成和我一样。

简单来说，黑人和白人如果真要组成一个国家，实现对彼此的认同，成为成熟的个体，那么我们深深地彼此需要。创立一个国家已经是一件极其艰难的任务，现在并没有必要成立两个分属于黑人和白人的国家。但由来已久的是，拥有比伊斯兰民族运动更多的政治权力的白人们实际上一直在呼吁这个。如果参议员伯德[①]说出这个观点时受到了认可，那么当马尔科姆·X表达这种观点的时候，也同样应该被认可。任何想要调查后者的国会机构，也应该去调查前者。他们表达的观点完全一样，也一样危险。没有任何理由假定白人比我更能胜任制定我将受其管辖的法律的工作。在自己国家的政治事务中，我毫无发言权，这是完全不可接受的，因为我不是美国的受监护人，我是最早一批抵达这片海岸的美国人之一。

这段过去，属于美国黑人的这段过去——绳索、火

① 罗伯特·卡莱尔·伯德（Robert Carlyle Byrd，1917—2010），来自西维吉尼亚州的民主党参议员。他是美国历史上任职时间最长的参议员，曾阻挠1964年民权法案的通过，支持越南战争，此后又声明自己反对种族主义和种族隔离，反对伊拉克战争。

焰、折磨、阉割、杀婴；死亡与羞辱；日以继夜的恐惧，深入骨髓的恐惧；怀疑自己是否值得活着，因为周围所有人都在否认这一点；为他们的女人、亲属、孩子，那些需要他们保护却无力保护的人感到悲哀；愤怒、仇恨、谋杀、对白人的仇恨之深以至于常常迁怒到自己身上，让所有的爱、信任和欢乐变得不可能。美国黑人的这些过去，这些为了实现、揭示、确认人类的身份和权力的无尽斗争，尽管令人惊骇，却也包含着某种非常动人的东西。我并不是想把苦难悲情化——这方面适可而止即可，但不经历磨难的人永远不会成长，不会发现真正的自我。那些每天被迫从残暴的人性之恶中拯救它所试图摧毁的男子气概和身份的人，他们知道不管自己成功与否，都会获得世上任何学校、教会都无法教给他的人生要义。他获得了自我的权威，而这种权威是不可动摇的。因为为了让自己活下去，他必须看透表象，不把任何东西视作理所当然，能听到词语的言外之意。如果一个人总能战胜人生中最困难的事，最终他将不再被未知的恐惧所控制，必然可以承受生活带来的一切。在这个层面的经验上，痛苦开始变得可以接受，而憎恨则变得难以承受的沉重。这种粗略、局限的人生领悟已经是几代黑人的经验，可以用来解释他们是怎样忍受过来的，怎样生出那些很小的时候就能穿过一群黑帮去上幼儿园的孩子。要撼动白人霸权那强大而冷漠的堡垒，需要极大的魄力和智力，就像这个国家的黑人长期以来所做的那样。需要拥有强劲的灵魂，才能不恨那些践踏你的心怀仇恨的人；需要更伟大的奇迹般的觉悟和宽容，才能教育你的孩子们不要仇恨。今天仍在面对暴徒的黑人孩子们，来自一个几乎不可能存在的贵族群体，而他们是这个国家产生的唯一的真正的贵族。我说“这个国家”，是因为他们采用的坐标完全是美国式的。他们从白人霸权的大山里凿刻出自己的个性。对那些为了添置一间新的校舍、新书、新的化学实验室，和更多的宿舍的床，不惜卑躬屈膝只能走后巷，走后门，嘴中说着“是的，先生”或“不，女士”的人——对这支被忽略的美国黑人大军，我怀有极大的尊重。他们并不喜欢说这样的话，但因为这个国家并不急于教育黑人，而他们知道这些都是必须做的事，为了实现这个他们连自己的尊严也不要了。很难相信他们比那些打开后门的白人更低级。日头出来，日头落下，很难相信这些生养繁衍的人，这些诅咒、流泪、唱歌、求欢的人，要比那些只在夜里偷偷溜出来分享这些光辉成就的白人男女更低等。但我们必须避免那种欧洲式的错误：不能假定因为黑人在处境、方式和感觉上迥异于白人，他们就更高级。我为这些人感到骄傲，不是因为他们的肤色，而是因为他们的智慧、精神力量，还有他们身上的美。这个国家也应该以他们为傲，唉，但还有很多人根本不知道他们的存在。这种漠视的原因在于，如果美国人知道了这些人在美国人生活中曾经和正在扮演的角色，就会暴露出更多关于美国的真相，而他们并不想知道这些真相。

美国黑人有一个很大的优点，他们从未相信过白人死守的那套神话——比如他们的祖先全是热爱自由的英雄，比如他们都出生在一个世界上前所未有的美好国度，又或者美国人在战争中所向披靡同时又爱好和平，在和墨西哥人、印第安人以及其他邻居或劣等种族打交道时美国人一直保持高风亮节，以及美国男人是世界上最直率阳刚的男人，而美国女人是最纯净的物种。美国黑人对美国白人的了解远比这要多，事实上几乎可以说，他们对白人的了解就像父母（至少是母亲们）对孩子的了解那样——他们确实常常这样看待白人。也许正是这种态度，可以解释为什么在他们承受、理解了那么多之后，直到最近，他们才允许自己产生一点恨意。最近真正的趋势似乎是，黑人在可能的范围内无视白人，把他们当作被他们自己洗脑的疯狂受害者。他们见识过白人倡导的生活，他们不会被它蒙蔽，他们也见识过白人的所作所为，以及他们为自己找的借口。如果一个白人真遇到了大麻烦，他会去敲黑人的门。黑人会认为，如果自己拥有白人那种世俗的优势，绝不会像白人那样迷茫混乱、了无生趣，也不会有那种自私的残暴。黑人向白人索要一块屋顶、五个美金或者一封给法官的信，而白人向黑人索要爱。但他通常不能得逞。代价太高，他要为此付出太多。黑人也知道这一点。如果一个人了解另一个人至此，便不再可能去恨他，但除非他自己变成一个人，一个和白人平等的人，否则他也不可能去爱他。最终，他开始逐渐躲着他，正像那种小孩的性格，假如他们控制了制造麻烦的权力，也就控制了你（去问问黑人对与他们一起工作的白人的了解，再去问问白人对他们的黑人同事的了解吧。）

该如何利用美国黑人的历史？这屈辱的过去完全有可能很快爆发出来，重创我们所有人。比如美国黑人本来不会支持某些战争（如果世界上还有人疯狂到要开始一场战争的话），不管有多少黑人会被强制投入战争，任何政府都不可能把所有人投入监狱，要实现这一点本身就有操作难度。恐怕美国人还没准备好去承担这个风险。"20 世纪的问题，" 杜波依斯[①] 六十年前就写过，"是肤色界限的问题"。这是一个可怕而微妙的问题，会危害——如果不是腐蚀——美国尝试建造一个更好的世界的努力，无论在此处或是彼处世界上任何地方。正是出于这个原因，所有美国白人相信的事情都必须被重新检视。人们不愿再看见一次建立在肤色基础之上的团结。但只要我们西方人还把价值观附着在肤色上，就不可能用其他原则来团结那些伟大的人民。肤色不是某种人性或者个人的现实，而是一种政治现实。但这个区分太难了，西方人现在都还无法接受这一点。这个国家的黑

---

① 威廉·爱德华·伯格哈特·杜波依斯（W. E. B. Du Bois，1868—1963），美国社会学家、历史学家、民权运动积极分子、泛非主义者、美国有色人种协会创建人之一，被美国共产党领袖福斯特称作"黑人最伟大的代言人之一"。他从小生活在马萨诸塞州大巴灵顿一个相对宽容和融合的社区，在柏林大学、哈佛大学求学时，都是该校第一位拿到博士学位的非裔美国人。他的文集《黑人的灵魂》（*The Souls of Black Folk*）已经成为美国黑人文学的经典。他认为种族问题的根源是资本主义，认同社会主义、和平主义理念，支持中国革命，多次访问欧洲与亚洲。在他去世后一年，美国民权法案通过，许多他为之奋斗一生的目标最终得以实现。

人站在这场可怕的风暴中央，站在这种区分之间，他们现在必须和这个从未接受过他们的国家休戚与共，他们可是被镣铐铐着带来这里的。如果是这样，人们别无选择，只能全力以赴去改变这种命运，不管要面对怎样的风险——驱逐、监禁、折磨、死亡。为了孩子，为了让他们将来付出的代价最小化，人们不能在任何幻想中逃避，而附着在肤色之上的价值观，无论何时何地从来都是一种幻觉。我知道我所呼唤的不可能实现。但在我们这个时代，一如任何时代，不可能之事是一个人最起码的要求。毕竟人们还是会被人类历史上的壮观奇迹所鼓舞，特别是美国黑人的具体历史，因为它恰恰见证了人类对不可能之物的永恒追求。

在我小时候，当我在那些沾满酒渍和尿迹的走廊里和伙伴们厮混的时候，心里就在想，这些漂亮的人将来会怎样？黑人也很美，尽管我意识到我们当中有一些人（不管白人还是黑人）还不知道这一点。当我在伊莱贾的饭桌上，看到那些孩子、妇女和男人，当我们谈到上帝或真主的复仇时，我也在想，当复仇实现之时，这些漂亮的人们将来会怎样？我也能够看到白人世界的顽固和傲慢也许会让这场复仇不可避免，这场复仇将不依靠任何人或组织来执行，也无法被任何警察或军队制止，它将是一场历史的复仇，宇宙的复仇，依循我们熟知的那条“物极必反”的定律。于是我们在此，在圆弧的中心，困在一只世上前所未见的最炫目、最珍贵、最奇异的水轮中间。从现在开始，我们必须假设，未来就在我们手里，我们已经不能去设想其他可能。如果我们现在负起自己的责任——我指的是那些相对清醒的白人和黑人——就必须像爱人一样坚持或者创造彼此的自觉，也许还能一起结束这场种族的噩梦，成就我们的国家，改变世界的历史。如果我们现在什么都不敢做，预言恐怕将会降临到我们的身上，那首由奴隶改写自《圣经》的歌是这么唱的：上帝给诺亚以彩虹作为标记，不会再有洪水了，下一次将是烈火！

跋：

论詹姆斯·鲍德温及其作品 ①

王家湘

---

① 本文原载于《黑色火焰：20世纪美国黑人小说史》（浙江文艺出版社，2017年7月第1版）。

詹姆斯·亚瑟·鲍德温

詹姆斯·亚瑟·鲍德温（1924—1987）是20世纪美国最重要的黑人作家之一。从1947年在《国家》杂志发表第一篇评论《作为艺术家的马克西姆·高尔基》起，到1985年在《新政治家》上发表最后一篇文章《致主教的一封信》，鲍德温共出版了六部小说：《向苍天呼吁》(1953)、《乔万尼的房间》(1956)、《另一个国度》(1962)、《告诉我火车开走多久了》(1968)、《如果比尔街会说话》(1974)、《正在我头上》(1979)；七部文集：《土生子札记》(1955)、《没有人知道我的名字：土生子札记补遗》(1961)、《下一次将是烈火》(1963)、《街头无名》(1972)、《魔鬼有了工作》(1976)、《不为人所见之事的证据》(1985)和《票价》(1985)；一部短篇小说集《去见那个男人》(1965)；一部诗集《吉米的忧伤》(1983)；三个剧本《教堂前座》(1955)、《给查理先生的布鲁斯》(1964)和《有一天当我迷路的时候》(1972)；以及一部儿童故事《小人儿，小人儿：童年的故事》(1976)。他利用一切文学形式，特别是小说和杂文随笔，反映了造成美国黑人生存现状的政治和社会因素以及在美国所谓民主下人们为保持种族特性和个人的性取向所遇到的困难甚至迫害。

鲍德温出生在纽约的哈莱姆区。母亲爱玛·琼斯随着黑人向北方的移民潮来到纽约，生下鲍德温的时候还不到20岁。鲍德温两岁多的时候，爱玛和比她大40岁左右的戴维·鲍德温结婚。戴维是个工人、虔诚的宗教信徒和浸礼会巡回传教士。他仇恨白人，但无力改变现实；他收入微薄，却和爱玛生了八个孩子；他养活不了他们，但看到年幼的孩子去为别人擦皮鞋，妻子去给白人洗衣、打扫又感到羞耻。他把一肚子的恶气撒到家人头上，成了鲍德温童年时代痛苦的根源。加上弟妹众多，鲍德温从小就要帮助母亲照顾他们，常常是一只手抱孩子一只手拿着书看。也许这就是为什么他在1974年对采访他的一个法国人说“我从来没有过童年”的原因。①

鲍德温从小学起就酷爱读书。他先从哈莱姆的两个公共图书馆借书看，后来到纽约市图书馆去借书。他中学时读了理查德·赖特的作品后，赖特成了他心目中的偶像和文学之父。虽然后来他对赖特的《土生子》有看法，但是他在回顾赖特对他的影响时说：

> 在《汤姆叔叔的儿女》、《土生子》，尤其是在《黑孩子》中，我平生第一次感到这些作品说出了因自己的生活和我周围人的生活被吞噬而生的悲哀、狂怒和强烈的怨恨之情……他的作品对

① 詹姆斯·坎贝尔：引自《在门口谈论——鲍德温生平》，海盗出版社，1991年版，第3页。

> 我是极大的解放和启示。他成了我的同盟者和见证人，并且，啊！他成了我的父亲。①

在初中读书时，鲍德温有幸成为哈莱姆文艺复兴时代著名诗人康蒂·卡伦的学生。他当了校刊的编辑，同时开始试笔。他在诗歌、戏剧和短篇小说中抒发自己的仇恨、恐惧和孤独感，在阅读中寻找对家庭和贫民窟的现实的逃避。由于继父是个传教士，鲍德温从小就跟着他去教堂，14岁时成了菲尔赛德圣灵降临会兴奋派小教堂的传教士，用课余时间布道。他在布道坛上发现了自己具有能够鼓动人群的演讲才能。在哈莱姆长大的鲍德温也清楚地意识到贫民窟街头毒品和犯罪对他的引诱。他虽生活在贫民窟但不愿沉沦，便有意识地远离各种享乐。他不吸烟，不喝酒，不追女孩子，不

---

① 詹姆斯·亚瑟·鲍德温：《啊，可怜的理查德》，见《没有人知道我的名字：土生子札记补遗》，戴尔出版社，1962年版，第191页。

看电影，不跳舞。他逐渐开始对宗教在黑人中的作用产生了怀疑，认为宗教是用来奴役黑人的。意识到这一点后，鲍德温失去了传教的热情，17岁时离开了教堂，但是宗教对他的一生和他的创作仍然有着不可低估的影响。

在教堂布道的三年正是鲍德温在高中学习的三年。在此期间，他的文学才华在参加校刊《喜鹊》的编辑工作中进一步显露出来。他开始在校刊上发表诗歌、短剧和短篇小说，这些初期的作品已经反映了鲍德温毕业关切的主题：黑人对社会不公的抗议和宗教思想对黑人产生的影响。高中毕业时，鲍德温本想进入免费的纽约城市大学继续学习，但是为了帮助养活年幼的弟妹，他不得不去工作。他在新泽西州找到了一份在军队中修铁路的工作。这是他第一次离开黑人占绝大多数的社区，直接生活在种族歧视和种族隔离的环境之中，这极大地影响了敏感而易激动的鲍德温。他自己在《土生子札记》一文中回顾这段生活时说，这一年“极大地改变了我的人生”[1]。无论是在酒吧、保龄球馆，还是在饭馆、旅店，他不是被迫默默离开，就是在忍无可忍的情况下大吵一场而去。“很快我就臭名远扬了，我走过的时候小孩子在我背后笑，大人或窃窃私语或高声喊叫——他们真的以为我是个疯子。”[2]现实的遭遇使他开始考虑自己在美国的生存地位。如果美国把他禁锢在贫民窟里，不能自由地发挥自己的才能，实现自己的希望，心中怀有的只是种族歧视所造成的仇恨，他会成为什么样的人呢？他意识到：“我的生活，我真正的生活，处于危险之中，不是由于别人会做些什么，而是由于我自己心中怀有的仇恨。”[3]被解雇后他回到纽约，在一家肉类加工厂干活，工资从修铁路时的每周 80 美元降到 29 美元。继父患精神病住进了医院，而母亲竟然又怀孕了。鲍德

① 詹姆斯·亚瑟·鲍德温：《土生子札记》，灯塔出版社，1955年版，第77页。
② 詹姆斯·亚瑟·鲍德温：《土生子札记》，第78页。
③ 詹姆斯·亚瑟·鲍德温：《土生子札记》，第81页。

温苦涩地意识到，他再努力也没有办法给家庭什么真正的帮助，家庭只能拖累得自己也一事无成。继父死后，鲍德温决心以写作为业，搬到文人聚居的格林威治村。他开始创作十年后才得以出版的小说《向苍天呼吁》。在此期间，他一面创作，一面打零工维持生活，并且仍然尽可能地接济母亲。

在 1944 年末，鲍德温遇见了已经成名的理查德·赖特。在赖特的推荐下，鲍德温获得了 1945 年的尤金·萨克斯顿创作资助金。他没能在当年完成《向苍天呼吁》这部小说，但是不久，他开始在《国家》和《新领导》等杂志上发表书评和评论文章，特别是发表在 1948 年 2 月份的《评论》上的《哈莱姆贫民窟》一文使他逐渐受到注意。同年 10 月，《评论》又发表了鲍德温的第一篇短篇小说《以前的状况》，并称它预示着一位重要的文学新人的诞生。但是他写成《向苍天呼吁》后，却找不到出版社愿意出版这本书。另一个创作计划虽然得到了罗森沃德基金会的资助，但仍然找不到感兴趣的出版商。

在种族歧视下生活的压抑感，个人感情生活中同性和异性恋之间的矛盾等诸种因素，促使鲍德温在 1948 年底离开美国去法国。

法国给了鲍德温较为冷静地思考自我的机会。他曾对《纽约时报》的一位记者说："我一到了大洋的彼岸，就能够很清楚地看到自己来自何处，我能够看到我是随身带着我自己，也就是我的家，来到此地的。你永远也无法逃避这一点。我是奴隶的孙子，我也是个作家。这两个方面我都必须很好对待。"① 鲍德温在《发现做一个美国人意味着什么》一文中谈到，法国和欧洲使自己了解作为一个美国人和美国黑人的意义，接受了自己的传统，从而将自己从对美国的仇恨中解脱出来。作为一个作家，多了一份冷静的思考，就多了一份深刻。他涌动的才思变成了一篇又一篇文章和一部又一部小说。在欧洲的第一个十年，除《大家的抗议小说》、《土生子札

① 转引自杰弗里·亨特主编：《黑人文学评论》，盖尔研究公司，1992年版，第1卷，第75页。

记》等名篇外，鲍德温写出了剧本《教堂前座》，出版了《向苍天呼吁》及《乔万尼之室》两部小说，从此被公认为继赖特和埃里森之后又一个重要的美国黑人作家。

鲍德温一直想回美国南方自己黑奴祖先生活过的地方去访问。在黑人民权运动兴起的 1957 年，他到阿肯色和亚拉巴马等州了解种族隔离的情况和黑人的斗争，见到了民权运动领袖马丁·路德·金。他的所见所闻使他成了民权运动的积极分子。他在各种杂志上发表的大量充满尖锐的社会批判的文章，后来收集在《没有人知道我的名字：土生子札记补遗》和《下一次将是烈火》中。除了这两本文集外，鲍德温在 1960 年代和 1970 年代的许多作品也都反映了这一历史性运动对他的影响，如文集《街头无名》和小说《告诉我火车开走多久了》、《如果比尔街会说话》、《正在我头上》等。从 1970 年代后期开始，直到他在法国去世，鲍德温经常接受邀请到美国大学讲课，因此不断往返于法国和美国之间。他同时还出版了文集《不为人所见之事的证据》和《票价》。

《诺顿美国黑人文学选集》在评论鲍德温时有这样一段话：

> 詹姆斯·鲍德温断言，“一切艺术都是一种表白”，所有的艺术家，如果要生存下去，都会最终被迫讲出一切，“吐出苦水”。鲍德温所有的作品或多或少都打上了他这一看法的印记。但是在他的作品中，这种表白不止是自我放纵式的个人精神宣泄。他以优美的艺术性，通过将自己个人经历中最隐秘的部分和国家及世界命运中最广泛的问题结合起来，刺透了美国种族意识中的历史性障碍。①

① 小亨利·路易斯·盖茨、耐利·麦凯编：《诺顿美国黑人文学选集》，第1650—1651页。

鲍德温作品中强烈的自传色彩和对美国社会及黑人状态的犀利剖析，对宗教在黑人社会的作用、家庭关系在人心灵成长中的影响的审视，以及他布道式的雄辩的文风，都反映了他特有的人生经历。

鲍德温的第一部小说从构思动笔到出版经历了十年，出版时他早已因杂文随笔而闻名。他的随笔反映了他的文学思想、他对种族问题及人生的态度和对当代美国社会的批判。他在民权运动时代所发表的杂文使人们把他看作这一运动主要的文学代言人。民权运动对鲍德温的思想和文学观具有历史性的影响。对于美国的种族问题，他在民权运动以前所写的杂文中表露出，由于他相信人类之爱，他对黑人成为美国社会中的平等一员多少怀有一些乐观的希望；随着他对美国种族歧视现状更深入的了解，他的希望变成了失望和绝望，他在后期的杂文中预言美国种族问题解决的过程中将会有更多的流血和暴力。在文学观点上，他在 1949 年所写的经典性宣言《大家的抗议小说》一文中，在批评了斯陀夫人的

《汤姆叔叔的小屋》后又提到了赖特的《土生子》。鲍德温说，他感到主人公比格只不过是汤姆叔叔的子孙。如果把两本书放在一起，两位作者便“同时卷入一场生死攸关的、永恒的斗争之中；一个声嘶力竭地发出无情的规劝告诫，另一个高声咒骂”。鲍德温认为，黑人和白人互相攻击、反击，都希望对方死掉，结果“只能一起坠入深渊”。他说：

> 比格的悲剧不在于他冷漠、是黑人或吃不饱肚子，甚至也不是因为他是美国的黑人，而是他接受了一种无视生命的僵化了的理论，承认自己是低等人的可能……抗议小说之失败正在于它坚信只有人的类别才是真实的，不可逾越的，因而无视生命，拒绝相信人类，否定人的美好、恐惧和力量。①

---

① 本段落中引文均转引自小亨利·路易斯·盖茨、耐利·麦凯编：《诺顿美国黑人文学选集》，第1659页。

鲍德温感到黑人抗议文学中的暴力化倾向实际上强化了对黑人的成见和公式化的黑人人物。在《几千已经消失》一文中，他进一步指出赖特笔下的比格是个非人化、公式化的人物。鲍德温对抗议文学的批评和他对文学的使命的了解是分不开的。在投身民权运动之前，鲍德温认为，作家的任务是探索支配人们行为并导致变革的内在规律，把观察所得转化为艺术。他后期的作品却具有他批评的“抗议文学”的特点。在他去世前不久接受昆西·特洛普访问时说的一段话，可以说是对他自己种族和文学观念的最终总结：

> 美国的语汇无法反映、无法包含对真正的黑人生活的表述。因此，唯一的对付办法是以暴力来摧毁这一语汇赖以存在的设定观念。我试图去做的，或者说我试图去解释说明的是，没有哪个社会能够打碎了社会契约而不承受其后果的，

> 而那后果就是社会上所有的人无一能够幸免的大混乱。①

鲍德温的许多随笔和小说都取材于他的个人生活经历，特别是青少年时代的生活和感情的烙印在他的作品中时时反映出来。随笔可以帮助读者了解他的小说，小说又帮助加深对他随笔的理解。如自传性的随笔《土生子札记》中反映的鲍德温的家庭状况和他思想感情的成长历程，对于了解他的小说有很大的帮助。他在文章一开始写道，1943 年 7 月 29 日：继父去世，最小的妹妹出生；8 月 2 日：继父的葬礼，他自己的 19 岁生日，哈莱姆发生暴乱。“当他的生命结束时，我开始琢磨他的一生，并对自己的一生产生一种新的忧虑。”② 鲍德温由

① 小亨利·路易斯·盖茨、耐利·麦凯编：《诺顿美国黑人文学选集》，第1653页。

② 小亨利·路易斯·盖茨、耐利·麦凯编：《诺顿美国黑人文学选集》，第1679页。

此回忆了他所知道的继父的过去，他们两人间艰难的相处，他自己在贫困的哈莱姆度过的童年和少年时代，继父狂热的宗教思想对自己的影响，他强烈的写作欲望，等等。葬礼后鲍德温到市中心庆祝自己的生日，一个黑人士兵和一个白人警察间的械斗引发了哈莱姆的大暴乱。事隔十余年后，到了大洋彼岸的法国，鲍德温才有了足够的平静写出这篇引起强烈感情波澜的随笔，并总结了代表他前半生的人生态度。他说，人在心中永远应该有两个似乎对立的观念并存，一个是“完全不带任何怨恨地接受现实中的生活以及实际存在的人”，另一个是“人在一生中永远也不应该把不公正视做当然，而要尽全力与之斗争。然而这一个斗争应该从自己心中开始，现在，我的责任是使我心中没有仇恨和绝望”[①]。

《向苍天呼吁》以半自传性小说的形式演绎了这篇随笔所记述的历史和感悟。多数评论家认为这是鲍德温

① 小亨利·路易斯·盖茨、耐利·麦凯编：《诺顿美国黑人文学选集》，第1694页。

最重要也是最成功的一部作品。

约翰是一个敏感的14岁的黑人少年，和母亲伊丽莎白、继父加布里埃尔·格莱姆斯、弟弟罗伊及妹妹们生活在哈莱姆黑人区。他长得难看，一双青蛙眼，一张大嘴巴，但极有天赋。加布里埃尔原来是南方的一个传教士，出于宗教信念和并无感情的德博拉结了婚，又和埃斯特发生私情。埃斯特怀孕后他拒绝和她一起离家出走，只偷了妻子存下的一点钱供埃斯特去北方。埃斯特在生加布里埃尔的儿子罗伊尔时死去。埃斯特的父母埋葬了女儿，把罗伊尔养大。加布里埃尔虽然受到内心的谴责，但始终没有承认这个就在他眼皮底下长大的儿子。直到罗伊尔在芝加哥赌博时被杀死，德博拉将消息告诉加布里埃尔时，他才在德博拉的询问下向早已知情的德博拉承认罗伊尔是自己的儿子。约翰的母亲伊丽莎白幼年丧母，随严厉的姨母长大。她爱上约翰的生父理查德后跟随他到了纽约。一次，理查德和伊丽莎白幽会后于午夜回家时，在地铁站遇到警察追捕三个抢劫商店的黑人青年，理查德受到怀疑，被一同带到了警察局。虽然最后查清了真理，理查德被释放，但是生活中本来就没有多少欢乐的理查德不堪这种侮辱，回家后当晚即割腕自杀而死。此时伊丽莎白已经怀上了约翰。约翰出生后，伊丽莎白在晚上做办公楼的清洁工，苦苦挣钱养活自己和孩子。在工作中，她结识了一同做清洁工的弗罗伦斯。弗罗伦斯是加布里埃尔的姐姐，原来一直在南方和母亲及弟弟一起生活，给一个白人家庭做工。她 26 岁时，男主人要她做自己的情妇，弗罗伦斯拒绝了他，只身来到了纽约。弗罗伦斯和弗兰克结婚十年后，弗兰克离开她和另一个女人同居。为了养活自己，弗罗伦斯做了清洁工。德博拉死后，加布里埃尔到纽约来找弗罗伦斯，遇到了伊丽莎白。

小说共分三个部分，以约翰 14 岁生日一天中发生的事情为主线，通过人物的回忆，展现了近 60 年岁月里黑人的生活：物质上在贫困中挣扎，灵魂上在宗教宣传的罪孽和赎罪中挣扎。受煎熬最深的是黑人妇女。小说以约翰在生日早晨醒来开始，以他当天深夜在教堂受到上帝的感召被拯救结束。在第一部分“第七日”中，约翰醒来后想到，人们一直认为他长大后会成为传教士，搞得他自己也这样想了。他“最早的——从某种意义上来说也是仅有的记忆”是星期日全家一起上教堂的情景。① 他想到对他凶狠严厉的父亲，父亲偏爱罗伊，使约翰产生自卑感，但同时也强烈地希望能向父亲和世人证明自己的价值。他对加布里埃尔的怨恨使他甚至不愿跪拜上帝，“因为父亲是上帝的传教士，不先跪倒在父亲面前就不能跪倒在上帝面前”。想到教堂和上帝，使他联想到自己犯下的“难以被宽恕的罪过”——手淫。② 他很怕大家，特别是母亲，忘记了今天是自己的生日。约翰还没有起床，作者通过他的内心活动使读者瞥见了格莱姆斯一家的状况，感受到约翰生活在其中

① 詹姆斯·亚瑟·鲍德温：《向苍天呼吁》，戴尔出版社，1985年版，第11页。

② 詹姆斯·亚瑟·鲍德温：《向苍天呼吁》，第21页。

的家庭里压抑的宗教气氛以及他和父亲间缺乏亲情和关爱的关系。

约翰起床后，母亲给了他一点钱，让他在生日时买点自己喜欢的东西。约翰高兴地出门到了中央公园的小山顶上。他看到脚下灯红酒绿的大都会，既受到它的引诱，又怕末日审判时灵魂下地狱。这个在传教士和继父关于地狱的警告下长大的少年在山顶上思索着究竟自己是要世上的名、利和享受，还是要死后永恒的天堂。浮华世界是魔鬼的陷阱，但做传教士就意味着重复父亲一生走过的狭窄的路。他下山向电影院走去，被广告牌上的半裸女人和男人吵架的画面吸引，走进了电影院。他在祈求上帝的宽恕后才敢睁开眼睛看银幕。生活放荡的女主人公死去，约翰感到是上帝引导他来此看看罪恶生活的代价。约翰看完电影回到家中，发现弟弟罗伊在和白人打群架时被刀扎伤。加布里埃尔把火气撒在妻子身上，罗伊挺身保护母亲，被加布里埃尔用皮带抽打。约翰离开了充满敌意和火药味的家，到教堂去帮助做布道的准备工作。在教堂布道的 17 岁的伊来沙对约翰说，一旦被上帝拯救，就再也不会去想电影啦、女孩子啦什么的；说上帝会给他新的思想和追求。对一个 14 岁的少年，这种宗教思想和需要做出的选择实在是一个过于沉重的负担。当晚在教堂里，当伊来沙问他“你愿意被拯救吗？”时，约翰的回答只能是“我不知道”[①]。就在教徒为约翰祈祷的时候，作者通过约翰和家人的祈祷追述了他们的过去。

第二部分“教徒的祈祷”由弗罗伦斯的祈祷、加布里埃尔的祈祷和伊丽莎白的祈祷三章构成。在“祈祷”中，三个人分别回忆了自己的生活道路，回忆有时被教堂中发生的事情打断，形成了过去和现实的交错。读者从加布里埃尔的回忆和内省中了解到，这是一个既怕灵魂下炼狱又控制不住自己的七情六欲的人。道貌岸然的外表掩盖着一颗受到恐惧和罪孽折磨的灵魂。他在虔

① 詹姆斯·亚瑟·鲍德温：《向苍天呼吁》，第55页。

诚的母亲的影响下，渴望通过宗教获得梦想的权力，便做了传教士。在宗教信念的驱使下，他和德博拉缔结了毫无爱情的婚姻，在肉欲的驱使下和同在一个白人家里干活的埃斯特发生了关系。罪孽感折磨着他，“九天后上帝给了他力量对他说他们不能这样下去了”①。他为了拯救自己的灵魂，在得知埃斯特怀孕后要她马上去嫁个人。埃斯特拒绝后，他偷了妻子的钱打发了她。加布里埃尔始终拒绝承认这个儿子。他虽然一直生活在罪孽感之中，感到“哪儿也得不到平静，得不到愈合，得不到忘却”②，布道时总觉得信徒的眼中充满了无声的谴责，但他从来没有任何赎罪的行动。其实他所怕的是被揭露，不能再从事圣职。作为传教士，“拯救世人”满足了他的权力欲。为了保持既有的权力，他不惜承受灵魂的煎熬，始终不近情理、极端严厉地对待周围所有的人，扼杀继子的欢乐和生活的信心。

---

① 詹姆斯·亚瑟·鲍德温：《向苍天呼吁》，第127页。
② 詹姆斯·亚瑟·鲍德温：《向苍天呼吁》，第136页。

小说的第三部分“打谷场”回到了伊来沙布道的教堂。经历了圣坛前的觉悟，约翰皈依宗教。从某种意义上来说，小说的结局象征着约翰，实际也是鲍德温本人对他生活于其中的环境的第一次超越。

童年和少年时代家庭物质生活的贫困和继父的冷酷，作为黑人在身心上受到的歧视和迫害，宗教思想的影响，自身的同性恋倾向，这一切交错作用在鲍德温敏感的心灵上，需要他去梳理、正视，他的小说几乎都反映了人物在种族、宗教和性取向问题影响下的苦苦挣扎和寻求出路的努力，反映了他内心超越自我的希望。《另一个国度》就很能说明这一点。

《另一个国度》的故事在一对黑人兄妹鲁弗斯·斯科特和艾达·斯科特，以及他们的同性恋或异性恋的白人朋友维瓦尔多·摩尔、利昂娜、艾利克·琼斯、斯蒂夫·埃利司以及理查德·西伦斯基和妻子凯斯之间展开。作者通过这些人物做出了种族、文化、社会阶级和人类情爱上各种可能的组合，以此探索这些因素的相互作用对人物深藏的、心灵中最隐秘的思想感情，特别是有关种族和性取向上极度敏感的感情所造成的影响。

鲁弗斯是个在哈莱姆长大的爵士乐鼓手，英俊有才，虽然在小说第一章结尾时，鲁弗斯就从华盛顿大桥上跳入河中结束了自己的生命，但是通过他在这一章中对自己经历的回忆，通过他生命中和其他人物在肉体和感情上千丝万缕的联系，他仍然是小说中的重要人物。在一次爵士乐演奏会上，鲁弗斯遇见了南方来的白人女子利昂娜。她离了婚，失去了对儿子的监护权，只身到纽约打算开始新的生活。他们相遇的时候正是鲁弗斯的同性恋情人，出身南方富有白人家庭的艾利克离开他只身去巴黎后不久。独自生活的鲁弗斯很快和利昂娜同居。在 1950 年代的纽约，黑人男子和白人女子一起生活能否长久取决于太多的外部因素。就连日常的二人出行，对鲁弗斯也充满了考验。他必须承受白人和黑人、男人和女人的仇恨、愤怒、蔑视、挑衅的眼光。“他没有考虑到和利昂娜的未来，因为他从来没有想到他们会有一个未来。”[1] 鲁弗斯工作的酒吧关闭后，他没有能够找到新的工作，常常在喝酒后在利昂娜身上出气。利昂娜也开始酗酒、去餐馆上班经常迟到。一次，半醉的鲁弗斯到餐馆去接下班的利昂娜，被老板看见，利昂娜便被辞退了。他们之间的关系很快从爱变成爱恨交织，鲁弗斯对利昂娜拳脚相加，利昂娜精神崩溃，被家人接回南方。

鲁弗斯的好友，一心想成为作家的白人男子维瓦尔多摆脱不了对鲁弗斯自杀的内疚感。他觉得，如果他能够拥抱他，给他肉体上的爱和安慰，鲁弗斯也许不会绝望自杀。鲁弗斯死后，维瓦尔多爱上鲁弗斯的妹妹艾达。白人男子和黑人女子一起同样也招来异样的目光，使得艾达的眼睛会立刻“充满轻蔑而变得乌黑无光……她总是在等待那掩饰着的侮辱的到来……她这样做是有道理的……世界就是这样对待名声不好的女孩的，而

① 詹姆斯·亚瑟·鲍德温：《另一个国度》，戴尔出版社，1965年版，第29页。

黑人女孩一出生就带上了坏名声”①。艾达以“充满敌意的自豪对待他们充满敌意的注视”②。异样的目光使鲁弗斯的愤怒内化成暴烈冲动，而使艾达的愤怒内化成对白人世界的蔑视和强烈的出人头地的愿望。她鼓励维瓦尔多的创作，自己也想成为歌手。她知道作为声音并不出众的黑人女子，能否成名需要依靠别人的提拔。她不能听凭白人世界的摆布，她要利用白人世界。她虽然爱维瓦尔多，但是为了得到电视制片人埃利司的帮助，还是做了他的情妇。“艾达更喜欢维瓦尔多，但是埃利司能够给她更多。当一切结束以后，她能够展示出更多的东西。”③维瓦尔多和艾达爱情中的风暴除了外遇之外，还有种族间的隔阂。他们在任何事情上产生了争吵，往往最后会归结到种族问题上。维瓦尔多的母亲要他回家参加弟弟的生日纪念，他对母亲说不出口自己的女友是黑

---

① 詹姆斯·亚瑟·鲍德温：《另一个国度》，第125页。
② 詹姆斯·亚瑟·鲍德温：《另一个国度》，第125页。
③ 詹姆斯·亚瑟·鲍德温：《另一个国度》，第352页。

人。他要艾达和他一起回家，说这对家人会有好处。“他们不是坏人。他们只是比较狭隘而已。”① 艾达说，她对教育他的家人不感兴趣，对于“仍然搞不清我是不是人类一员的（白人小丑）……我希望他们在巨大的痛苦中一点点死去”②。维瓦尔多故作轻松地说这可不够基督精神。艾达说：“我只能如此。我的一切基督精神都是从白人那儿学来的。”维瓦尔多听后说：“啊，见鬼，又是这一套。”③ 艾达生气吵起来后，维瓦尔多要她住嘴，说房东、邻居、街角站的警察对艾达住在他这里已经够反感的了，别再找事了。艾达拿起杯子就摔，说：“我想我得给他们来点抱怨的理由。”④ 在小说结束时，他们之间有一次思想和情感上都比较深入的交流，显示了种族经历的不同形成的不同内心感情。维瓦尔多对艾达说：

① 詹姆斯·亚瑟·鲍德温：《另一个国度》，第236页。
② 詹姆斯·亚瑟·鲍德温：《另一个国度》，第236页。
③ 詹姆斯·亚瑟·鲍德温：《另一个国度》，第237页。
④ 詹姆斯·亚瑟·鲍德温：《另一个国度》，第237页。

“你总指责我把你的肤色当回事，来惩罚你。但是你也是如此，你总让我觉得我是个白人。难道你不知道这使我痛苦吗？你把我锁在你的心灵之外。而我所希望的是你成为我的一部分，我成为你的一部分。就是你的皮肤像斑马那样一道一道的我也不在乎。”①艾达始终无法摆脱自己的希望被白人剥夺了的感觉。维瓦尔多说痛苦是不分肤色的，愿意尽一切努力将他们两人从中解脱出来。艾达说她不愿听凭白人摆布，她要白人被她摆布。当她在埃利司的帮助下得到唱歌的机会后，鲁弗斯的朋友，黑人乐手们对她满怀蔑视，说为了鲁弗斯要痛打她一顿，而鲁弗斯地下有知会感激他们的。这话震动了艾达，使她对维瓦尔多说出了郁积心中的痛苦，开始了对自己的严肃审视。维瓦尔多和艾达都意识到他们是相爱的，但是，在经历了一切之后，他们是否能够战胜种族和感情的创伤而一起很好地生活下去，鲍德温在小说中

① 詹姆斯·亚瑟·鲍德温：《另一个国度》，第348页。

没有明确的表示。

生活一直平稳的中产阶级白人夫妇理查德和凯斯，两人的关系在理查德的小说出版后开始出现危机。凯斯感到理查德的小说以凶杀故事吸引了出版商，实际上艺术平平。而理查德此后却孜孜于此，让凯斯感到好生失落。凯斯到刚从巴黎回来的老友，演员艾利克那里述说，在艾利克的同性恋情人伊夫尚未从法国到来之时成了艾利克的情人。在美国南方富有家庭中长大的艾利克和鲁弗斯有过一段狂热的关系，到法国后和伊夫同居，回到纽约和凯斯上床。在艾达独自去哈莱姆和埃利司幽会的那个晚上，艾利克用同性爱唤醒了维瓦尔多潜在的同性恋意识，给了维瓦尔多以安慰，也帮助他更好地理解了鲁弗斯。艾利克明确告诉凯斯，他在等待伊夫，和凯斯只能是短暂的关系。维瓦尔多告诉艾利克，他们的一夜是美好的，但不会再有第二次。在鲍德温的笔下，凯斯和维瓦尔多都从艾利克那儿得到了性的满足和感情的抚慰。鲍德温相当诗意地描绘了同性性生活的愉悦，通过艾利克把在《向苍天呼吁》中萌动的、在《乔万尼的房间》中被戴维排斥的作者自身的同性恋性取向淋漓尽致地表现了出来。

可以想象，这样一部小说的出版，一个黑人作家在1960年代出版这样一部小说，会在文坛上和读者中引起什么样的争议。有读者抗议说它是“色情作品”，引起联邦调查局的一番调查。文学评论家博恩说，这部小说是“大规模的失败”①。戴维·利特尔约翰认为，小说中描写的种族斗争令人难以理解，鲍德温“几乎完全排除了‘普通’的人”，“剩下来进行种族战争的是几个反叛的黑人和极度解放的白人。在这种情况下战争失去了其社会意义，而带上了私人间决斗的味道”②。基思·克拉克则在《牛津美国黑人文学指南》中称赞这部作品“既

① 博恩：《詹姆斯·鲍德温的小说》，《三一季刊》，第5期，1965年冬，第12页。

② 利特尔约翰：《黑人论白人：美国黑人作品概评》，格罗斯曼出版公司，1966年版，第126页。

是宣言也是文化史，是动荡的1960年代的记录”[①]。更多的评论家从鲍德温的这部作品中看到作者内心的呼唤，他认为在美国，由于种族、阶级和性取向而对人的歧视都是人性的桎梏，都需要与之斗争。他在小说中对同性恋热情坦诚的表现是他正视自己性取向的结果，而作家只有摆脱了思想和精神的束缚才能够创作出反映现实的佳作来。

《告诉我火车开走多久了》依然继续了这三个主题。其主人公利奥是个极有名气的黑人演员，在旧金山演出时心脏病发作住院。小说基本上是利奥对自己在哈莱姆的童年及后来在纽约生活的回忆：一条线索是利奥和哥哥凯莱布的关系，如何从弟弟敬佩哥哥、到凯莱布出狱后对利奥的依恋而生的同性恋关系、到凯莱布从第二次世界大战战场回来转向宗教后兄弟间产生隔阂，其中反映了黑人受到的歧视、家庭的贫困、宗教的影响和哈莱

① 威廉·L.安德鲁斯等编：《牛津美国黑人文学指南》，第21页。

姆的街头暴力；另一条线索是利奥和白人情人芭芭拉的关系，反映两人如何通过在一个演员工作室中的努力工作在艺术上逐渐得到承认；还有一条线索是利奥和年轻的黑人激进分子克里斯托弗的关系，他支持克里斯托弗的激进民权活动，他们也是同性恋情人。这部小说在主题的发展上和前几部存在区别，一是在利奥和芭芭拉的关系中出现了真正的相互理解和支持，而在鲍德温以前的作品中，不同种族的男女几乎无法克服各自存在的种族偏见的障碍而真诚相待。另一个区别是利奥拒绝了凯莱布所代表的黑人从宗教中寻求解脱的思想，接受了斗争的出路。小说最后，当克里斯托弗对利奥说“我们需要枪”时，利奥虽感到白人势力强大，暴力斗争结果难卜，但仍做出了肯定的回答。小说出版于1968年，也许是马丁·路德·金的被暗杀向黑人大众宣告了非暴力抗议的失败，民权运动的日益激烈发展使鲍德温意识到斗争中的这个需要，使他在这部作品中首次提出了这一思考。不过，克里斯托弗的主张并没有使利奥的生活产生什么改变。他痊愈后回到纽约继续演出，后来又去欧洲，仍然过着名演员的生活。也许这正是书名的寓意所在？火车已经载着新一代的旅客驶向了远方，只有没有赶上列车的人在空问“火车开走多久了”①？

七年后出版的《如果比尔街会说话》是鲍德温唯一一部没有同性恋情节的作品。有的评论家认为鲍德温这样做是为了平息黑人评论家对他着迷于同性恋关系的批评，有的则认为这反映了鲍德温已经不再需要为同性恋行为辩护，也不再为自己的性取向所困扰，是作者能够坦然面对自我的结果。这部小说中除了一个白人律师外，人物全是黑人，居住在哈莱姆。作者集中揭示了在种族歧视的社会中，莫须有的罪名可以在一夜之间毁掉一个黑人家庭本来就不多的幸福和平静。故事的中心是

① 卡罗琳·韦丁·西尔万德尔在《詹姆斯·鲍德温》（海盗出版社，1991年版，第81页）一书中对书名是这样评论的：利奥和读者可能意识到“什么东西已经把这个演员落在了后面，他在车站上等待得太久了……”

范尼因白人警察的嫉恨被诬犯了强奸罪入狱后，他刚刚怀孕的未婚女友蒂希和家人合力，为了保护尚未出世的小生命所做出的为他清洗罪名的努力。蒂希与她的父母和姐姐构成了鲍德温笔下第一个充满了爱和爱的凝聚力的黑人家庭。范尼的家则是另一种典型，母亲在宗教上狂热，对不上教堂的儿子和蒂希极其不满，加上看不起皮肤颜色比自己深的蒂希，不仅对儿子的蒙冤入狱无动于衷，在得知蒂希怀孕后甚至恶毒地诅咒并希望胎儿烂死腹中。范尼的父亲和蒂希家的人一起尽力营救儿子，但妻子和女儿的冷漠和营救中的重重障碍使他的精神崩溃，最后自杀身亡。小说以新生命即将诞生结束。

《如果比尔街会说话》和《向苍天呼吁》一样，通过第一人称叙述开展情节。《向苍天呼吁》中约翰叙述的只是自己的思想和经历，加布里埃尔、伊丽莎白等人的故事是通过他们在祈祷时的回忆表现出来的。在《如果比尔街会说话》中，通过蒂希之口不仅要叙述她本人的思想和行动，还要叙述她不可能直接了解的如她的父亲约瑟夫和范尼的父亲弗兰克的想法和做法，以及他们之间的谈话，她的母亲只身去波多黎各寻找为警方指证范尼的“受害者”，向她了解情况的经过等，使作者或不经意地，或无可奈何地使用了这个不知情的叙述者，这种做法未免失之牵强。

鲍德温在美国文坛上活跃了近 35 年，经历了 20 世纪美国种族关系史上具有划时代意义的黑人民权运动，创作了大量紧密结合时代的作品。他的散文犀利有力，他的小说反映了在充满令人窒息的宗教重压和种族歧视的黑人贫民窟中长大的黑人的心灵的呼唤。对他作品中表现出的思想和艺术成就，在他生前是有褒有贬，褒多于贬，在他死后也依然如此。没有人能够否认，他的作品是时代的产物，他是第二次世界大战后最重要的美国黑人作家之一，对当代美国的思想文化具有很大的影响，为美国人民留下了宝贵的精神遗产。黑人女作家托妮·莫里森在鲍德温的追悼会上感谢鲍德温留给了黑人作家三件珍贵的礼物：能够表达黑人的真实感情、思想和处境的新语言、“识别罪恶但从不惧怕”的勇气和他对人类的爱。[①] 胡安·威廉姆斯在《华盛顿邮报》上的文章极好地总结了鲍德温的成就：

> 鲍德温作为（时代的）见证人的努力所取得的成就为所有的人——黑人和白人，同性恋和异性恋者，知名和无名人士——这些他在作品中揭示出了他们的人性所在的人们一再证实。由于他的见证，美国和美国文学界都更加丰富多彩了。[②]

① 托妮·莫里森：《他语言中的生命》，《纽约时报书评》，1987年12月20日，第27页。

② 见杰弗里·亨特主编：《黑人文学评论》，第1卷，第77页。